我寫故事你來畫圖系列 **3**

烏龍蛋失蹤檔案

康逸藍　著

烏龍蛋失蹤檔案

徵求高手

一、解題高手

【問題來找碴】是針對每一篇故事提出三個問題，希望小朋友看過之後，能寫出自己的想法哦。

二、插畫高手

看完故事，動手為故事畫插圖，每一篇都會有兩頁〈快樂來塗鴉〉的單元，找一兩個情節來畫，或是由幾個小圖串連起來都可以，自由發揮。

自序

有點「落落長」的故事

我的第一本短篇故事集《長頸鹿整型記》，共收錄十九篇故事，但是那本書已經絕版，所以當我構想要把自己的作品重新整理出版時，我優先考慮短篇故事，於是將《長頸鹿整型記》裡的篇章，和後來陸續刊登的篇章合起來，以篇幅大小為考量，出版短篇故事集。出了兩本短篇故事集之後，我以為第三本就可以把我寫的短篇故事都放進去，結果發現這些故事大多「落落長」，這一本只能放十三篇，因此有些故事就只有繼續排隊了。

十多年前，當我開始寫故事的時候，電腦的使用並不普遍，有信件要寄給朋友，還需要靠郵差幫忙，不像現在手指在鍵盤上一按，信件馬上「e」到朋友的電腦裡。那時候大家生活的步調比較慢，小朋友比較有耐心，因此一些長一點的故事，在報紙上分三天才刊完。現在是一千字左右的故事最受編輯歡迎，因為可以一天就刊完，適合小朋友的閱讀習慣。

對寫故事的人來說，「自由」是很重要的，感謝那時候的環境，讓我「掰」出這些「落落長」的故事。其實要「掰」長一點的故事，需要更費心安排角色和前後的情節，腦細胞的撞擊力要更大，真心希望小朋友們耐下性子，慢慢閱讀，跟著我構思的腳步前進。閱讀完順便想一想問題，順手畫下插圖。

書名《烏龍蛋失蹤檔案》延續第二本《抽脂蚊減肥檔案》，原本那一篇篇名是〈千禧烏龍蛋〉，寫於2000年，是第二個千禧年，現在已是2007年，我想「千禧」有點過時，就改為〈烏龍蛋失蹤檔案〉。

這一本書的插圖由我們一家三口人負責，封面的底稿由我先生負責，女兒塗顏色；內頁兩篇插圖由我畫（其中脾氣種子的造型是我女兒想出來的），這次我可是下了功夫，慢慢畫出來，其中的佛像畫更參考了佛像畫老師（章銘月女士）的作品，只是有點「東施效顰」的效果。

　　最後還要感謝秀威公司總經理宋政坤先生、編輯林志玲小姐、詹靚秋小姐，以及出版小組，這次我一口氣出了數本書，感謝他們提供的優惠，讓我把自己的作品一一呈現。

康逸藍

2007仲秋

于淡水水月居

目次

烏龍蛋失蹤檔案

在世界某個偏僻的角落，還存在一片原始森林，森林裡的動物沒見過什麼世面。當世界在慶祝千禧年的時候，他們還是過著平常的日子。

在這個森林裡，有一個非常漂亮的湖，湖水清澈、沁涼，而且常常像鏡子一般平靜。森林裡的動物稱呼這個湖為「聖湖」。每當月圓的那個晚上，他們就圍繞在湖邊祈禱，氣氛非常安詳。

這一夜，他們又在湖邊祈禱了。猴巫師對大家說：「冬天已經走到盡頭，下一次的祈禱日，就是春天了，讓我們……」

「砰！」一聲巨響，水花噴到大家的身上，他們睜眼一看，一顆銀白色的巨蛋直直插在湖中央，激起的浪花向湖岸打來。

膽小的動物以為是天神降災，立刻嚇得跪地求饒；膽大些的則緊張的小聲議論，猜測這顆神秘怪蛋從哪裡來，但是誰都不敢靠近聖湖。最後，大家的眼光都望向巫師，而平常一副莫測高深的猴巫師，這會兒卻也只有猛抓頭，不知道該怎麼辦？過了好一會兒，猴巫師鎮定下來，叫來一隻老成的鱷魚，載他到湖裡去探個究竟。載著猴巫師慢慢潛入湖中的老鱷魚，緊張得心跳一直加速，連游都游不穩，全身不停的顫抖，猴巫師幾乎要站不住了。

終於來到巨蛋旁邊，猴巫師對著巨蛋吹氣、喊叫，巨蛋紋風不動；沒辦法，猴巫師只好伸出手來摸，硬硬、滑滑的，用指頭敲敲，「叩、叩、叩」的聲音迴盪著，音量不大，但聽起來卻挺嚇人的。繞著巨蛋走了幾圈後，猴巫師回到岸上，向大家宣佈：「大家先向巨蛋懺悔到天亮，然後再決定怎麼辦！」

　　好長的一夜，雞毛蒜皮的事情都懺悔完了，天邊終於亮出一道曙光。所有的公雞都急忙叫起來，其實他們大可不用叫，因為這一天沒有賴床的懶蟲。

　　太陽升高，巨蛋閃著銀亮的顏色，湖水也亮成一片。巨蛋的一端陷入湖底的泥巴中，猴巫師召集幾個大力士去搖它，但它連動都不動。河馬家族自告奮勇，潛入湖底，清除巨蛋周圍的泥沙，巨蛋才慢慢的浮起來，最後終於平躺在湖面上。

　　猴巫師開始卜卦，希望知道老天把這顆巨蛋丟進湖裡的用意。猴巫師一向也不太懂老天的意思，他靠的是「大膽假設、小心推論」。根據他慎重的假設與推論後，他的結論是「這蛋是要孵的，孵出來以後自然會有解答。」

　　「誰有那麼大的屁股去孵這顆蛋呢？」潑冷水大王狐先生首先提出問題。

　　鴕鳥太太們互相嘀咕一陣後說：「我們可以一起來孵！」

　　一隻僅有巴掌大的麻雀也跟著叫：「我也要孵！」

　　馬上大鳥、小鳥、雞、鴨等飛禽類，全都要擔負孵蛋的責任，他們認為掉在聖湖中的蛋，一定是神聖的，而孵過這顆神聖的蛋，身上也會增添些神聖的光彩。於是大家搶著排班，都希望能孵到蛋。猴巫師規定狐先生也要幫忙孵，大家都拍手贊成。想到要和一群吱吱喳喳的三姑六婆一起孵蛋，狐先生的屁股突然感覺重了好幾百斤。

　　大家費了九牛二虎之力，終於把巨蛋弄上岸，還用乾草鋪出一個窩，用藤蔓編成梯子，好讓飛不高的孵蛋媽媽們和狐先生爬得上去。

　　巨蛋窩變成森林的新聞現場，大夥有事沒事都來這裡繞一繞，除了想搶先看到孵出來的東西外，還可以聽到各種笑話。輪到狐先生孵蛋的日子，笑聲總是特別多，他再也沒有心思去潑別人冷水了。

　　正當動物們沒日沒夜的孵著巨蛋，世界的另一個角落，卻有兩個人在為巨蛋傷腦筋。這兩個人，一個是棉國的神探，一個是米國的隱形戰鬥機飛行員。這兩個人怎麼會湊在一起為巨蛋傷腦筋呢？說來話長……

　　棉國和米國是兩個敵對的大國，棉國的神探奉命潛伏在米國，專門探查米國的新科技。某一天，神探截聽到一段奇怪的密碼，經他翻譯後，好像是米國正在製造一枚威力強大的新型飛彈，叫做「千禧金龍彈」。他一想不得了，這枚飛彈一定是要在千禧年進攻棉國的祕密武器。因此他想盡辦法要找出這枚飛彈的下落，最後終於知道飛彈已經在一個偏僻的農莊裡製造成功，並由一個科學家做最後的檢查工作。

　　神探長期潛伏在米國，結交了許多對他工作有幫助的朋友，其中有一位隱形戰鬥機飛行員，他的頭腦很憨直，但非常重義氣。有一天晚上，神探請飛行員吃飯，吃到一半，神探放聲大哭，說：「怎麼辦？世界就快要毀滅了！」

　　飛行員覺得很奇怪，神探就故作沈痛的告訴他，「千禧金龍彈」是一枚威力強大的核彈，它的目標已對準棉國，發射後，將會引爆棉國所有核子發電廠的反應爐，造成連索爆炸，最後整個地球都會被毀滅。

　　飛行員半信半疑，神探便拿出一大堆假造的文件和電腦程式，再加油添醋一番，唬得飛行員一愣一愣的。最後，神探懇求飛行員扮演拯救地球的大英雄，把「千禧金龍彈」載到棉國的祕密基地去銷毀。於是他們共同潛入農莊，擊昏科學家，把「千禧金龍彈」裝在隱形戰鬥機上，快速起飛，躲過米國及其他國家的雷達偵測，飛向棉國的祕密基地。降落後，他們自以為完成了一件大功，然而，卻不知道「千禧金龍彈」早在半路上就掉了。

　　棉國的情報局長以為神探中了飛行員的反間計，一氣之下，將兩人關在一起，準備處死。

神探指著飛行員罵：「你竟然出賣我，根本沒有把飛彈裝到戰鬥機上！」

飛行員也沒好氣的說：「你明明看見我把飛彈裝上飛機的，我看倒是你趁我不注意的時候，把飛彈搬走了。你不但害我成為叛國賊，還要在你們國家受審判，我真是笨到家了。」

正當他們吹鬍子瞪眼，吵得口沫橫飛的時候，棉國情報局局長來了，他說經過調查，證實那枚飛彈落在一個原始森林，棉國總統要他們兩個人將功抵罪，去把飛彈找回來。他們急著問了一連串問題，局長卻都不回答，只冷笑著對他們說：「你們一個是烏龍神探，一個是糊塗飛行員。哈！」

帶著各種裝備，烏龍神探和糊塗飛行員上路了。在靠近原始森林的小鎮，被他們擊昏的科學家也加入搜尋的行列，三個人都鐵著一張臉，誰也不理誰。科學家氣神探偷走他心血的結晶，更氣飛行員幫敵國的人偷竊；飛行員氣科學家做出危害地球和平的武器，還生氣他心目中的好朋友神探，原來是一個大間諜；神探則氣科學家做出威脅棉國安全的武器，也對飛行員的能力產生疑惑。

神探和飛行員都受過嚴格的體能訓練，在原始森林中雖然辛苦，但還能忍受；科學家整天待在實驗室裡，攀爬都不行，所以一下子就累了，幾乎連走都走不動，另外兩個人只好輪流扶著，甚至還要背他，同時還得注意猛獸的攻擊。科學家心裡有點過意不去，但一想到都是他們害的，嘴裡硬是說不出「謝謝」兩個字。其他兩個人心裡冷笑，笑科學家這個製造毀滅的魔頭，到了這裡卻像個懦夫。

三個人歷盡千辛萬苦，終於來到聖湖，發現許多雞、鳥坐在「千禧金龍彈」上，旁邊還有猛獸在看守著。

「這是怎麼一回事啊？」神探自認見多識廣，但也不明白這些動物在做什麼！

「他們在搞什麼？孵蛋嗎？」

「對！對！他們一定把它當蛋來孵了！」飛行員的話引得科學家肯定動物們是在孵蛋，因為當初他就是參考雞蛋來設計外型。

「這樣會不會讓飛彈爆炸？」神探擔心的說。

「哎呀！我沒有開飛機來！不過…這顆核彈威力太大，逃也沒有用！」飛行員說。

「你們在說什麼啊？又是飛彈又是核彈的？」科學家瞪著他們說。

飛行員對科學家說：「老兄，這已經不是機密了，棉國早就知道我國在製造這種毀滅性的核彈。」

神探說：「對不起，我要更正一下，這枚飛彈不是核彈，它只是一枚普通飛彈，攻擊的目標是我國的總統府。」

飛行員發現他被耍得很慘，掄起拳頭要揍神探，科學家立刻擋在中間說：「我這顆寶貝彈可不是什麼攻擊的武器，而是一顆時間膠囊，是我和一群科學家合力設計的，我們要讓它在太空旅行一千年，下一個千禧年，也就是西元三千年才重返地球。」

神探和飛行員同時睜大眼睛，對看一眼，飛行員忙問：「那麼，裡面是什麼東西？」

「裡面有世界地圖、各國元首的照片、各行各業傑出人士的資料，還有我們這個時代一些具有代表性的東西，讓一千年以後的人類看看這些東西。」科學家滔滔不絕的說。

「你的確是烏龍神探！」

「你不愧是糊塗飛行員！」真相大白後，兩個人又吵起來。

「你們別吵了！快決定現在該怎麼辦？」科學家制止住爭吵。

怎麼辦？以他們手上的手槍、步槍、手榴彈，足以把這些動物打死，但是這麼做太殘忍了。湖水那麼平靜，動物們又團結一致在孵蛋，夕陽正要西下，草原上一片金橘色調，這是多美的一幅景象啊！

科學家說：「我在裡面設定它一千年以後會自動打開，我想我們乾脆不要打擾他們，讓他們永遠懷有一份夢想。」

「一千年以後，這裡會變成什麼樣子？」飛行員問。

「誰知道？一千年後，我們都是古人了，看不到這神聖的一刻。不過，眼前我要怎樣回去向局長交代呢？」神探突然想起局長那張冷峻的臉。

科學家笑笑說：「不必交代啦，他已經查出這顆彈的來龍去脈。我們決定在資料上把這顆彈改為『千禧烏龍蛋』，讓後代子孫知道你們烏龍神探和糊塗飛行員的事蹟。」

神探和飛行員苦笑，沒想到他們會以這種方式流傳千古。

悄悄錄下動物孵「千禧烏龍蛋」的畫面後，三個人靜靜的離開原始森林。

原始森林裡的聖湖畔，猴巫師仍然指揮大家輪流孵蛋，一年接著一年，雖然蛋還是沒有動靜，但動物們仍不灰心，他們相信後代的子子孫孫還會繼續孵下去。其中比較特殊的是狐先生死後，他的後代子孫也要繼續幫著孵蛋。

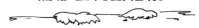

問題來找碴

一、掉進聖湖的蛋到底是什麼蛋？為什麼又被叫做「千禧烏龍
　　蛋」？

_____

_____

_____

_____

_____

_____

二、誰奉命去尋找「千禧烏龍蛋」？

_____

_____

_____

_____

_____

_____

_____

問題來找碴

三、想像一下，西元三千年時，「千禧烏龍蛋」一打開，動物們會有什麼反應？

_____

_____

_____

_____

_____

_____

_____

_____

_____

_____

_____

_____

_____

_____

_____

_____

_____

快樂來塗鴉

快樂來塗鴉

脾氣種子

種子王國裡，各類種子又天南地北聊了起來。

白菜種子說：「我們白菜最好養，隨便一個小小盆子都能生長。」

葡萄種子說：「我們葡萄結的果實很多，一串串掛在架上，晶瑩剔透。」

地瓜種子說：「我們地瓜最有用，全身幾乎都可以吃，光是我們的地下莖就有很多種吃法：蒸的、煮的、炸的、烤的，說不完啦！」

「我們花生的吃法也不少，還可以用來榨油！」花生種子也不甘示弱的說。

「神氣什麼，你們生來就是要被各種動物吃掉，我們卻可以控制萬物，讓他們又哭又笑，一會兒高興，一會兒悲傷。」

大家你看看我，我看看你，不知道這個狂妄的聲音是誰發出來的？

「你們別找啦，我是無形的種子，我叫做脾氣種子。」

「脾氣種子」，沒人聽過，種子王國有住這樣一號人物嗎？大家都很疑惑。

「我就知道你們不認識我，我們同伴是無所不在的。」自稱為脾氣種子的傢伙得意的說。

「哼！我不相信！」花生種子很不高興的說。

脾氣種子說：「我判斷你身上有五級壞脾氣種子。」

大家都很驚訝，原來脾氣種子還分級啊！

白菜種子好奇的說：「你長什麼樣子？為什麼不現身出來？」

脾氣種子說：「要看見我可不容易，除非我附身在露珠上，再經過太陽照射，才可以看清楚我的模樣，不過為了保持神秘，我不隨便現身。」

地瓜種子說：「你打哪兒來，我以前怎麼沒聽說過有脾氣種子？」

脾氣種子回答：「我們脾氣種子園是在很遠很遠的地方，我們有很多成員，分門別類關在不同的洞穴裡，好壞脾氣種子各分二十四級。後來有一個糊塗的管理員，把大家搞混了，各級脾氣種子就混雜了，整個園子亂糟糟，我就趁亂跑出來。」

「你屬於什麼脾氣種子？」葡萄種子問。

「我嘛，我屬於古靈精怪脾氣種子，你們就叫我『古怪』好了，我可以千變萬化，因為我在混亂當中偷吃了很多不同的脾氣種子，所以我的功力很強，很會作怪喲。」古怪說得跟真的一樣。

「又在臭屁了，一粒看都看不見的脾氣種子，能有多少功力！」花生種子很不屑的說。

要知道花生種子在種子王國裡，一向是以暴躁出名的，誰都要讓它三分，今天這個叫古怪的脾氣種子一直吹噓，他已經忍無可忍了。突然，一陣風吹來，花生種子用很輕柔的聲音說：「各位親愛的好鄰居，我們來歡迎古怪這個新朋友，我先來唱一首『歡迎歌』。」

花生種子的聲調和平常大不相同，聽得大家都起了滿身雞皮疙瘩，沒想到他還用溫柔的聲調唱歌，大家都想找個地洞鑽。

白菜種子大聲吆喝了一聲說：「你無聊啊，花生種子，再唱我就捶死你。」

大家又是一愣，因為白菜種子平常修養很好，幾乎沒發過脾氣。接著是地瓜種子發飆，他說：「白菜種子，你才欠揍，小心我揍扁你！」

地瓜種子平常的修養也很好，和白菜種子是好朋友，還常勸花生種子要和氣些。今天種子王國有點奇怪，其他種子都睜大眼睛互相看著，連大氣也不敢喘一下。

「哈哈哈，見識到我的厲害了吧！」原來古怪先跑到花生種子身上，再跑到白菜種子身上，最後跑到地瓜種子身上，讓他們表現得和平常不一樣。由於他很古靈精怪，那些種子身上原來的脾氣種子都暫時停止呼吸，任由他胡作非為。種子王國沒出過這樣的亂子，大家心裡都很慌，花生種子更是氣得吹鬍子瞪眼。

白菜種子對古怪說：「你這樣子搗蛋，對你有好處嗎？」

古怪說：「我剛從脾氣種子園溜出來，一方面想交朋友，一方面想試試自己的功力，人家說不打不相識，我誠心和大家交個朋友怎麼樣？」

「好啊，下次有誰欺負我，我就請你教訓他。」葡萄種子高興的說。

地瓜種子接著說：「我很樂意和你交朋友，但希望你不要搗蛋，搞得世界大亂。」

其他種子也覺得地瓜種子說得有道理，可是古怪說：「沒辦法，我身上有很多種脾氣因子，不讓它們公平的發揮，他們先在我身體裡造反，那我不就完了！」

地瓜種子拍拍頭說：「有啦，你可以在適當的時候發揮不同的脾氣，也許對別人有好處呢！」

「謝謝你，地瓜種子，雖然我不知道什麼時候最適當，但是我會努力的，各位朋友，我要到處去玩玩，有空再來看你們。」

古怪告別種子王國的種子們，來到森林。他有時候跑到大樹身上，讓大樹像抓狂一樣搖晃不已，樹上的鳥兒、蟲兒都以為發生大地震，搞得蟲跳鳥飛；有時候跑到水中，激起高猛的浪花，把魚蝦們噴得老高，嚇得魚蝦們亂竄。

有一天，古怪坐在熊家的煙囪上休息，忽然覺得一股煙冒上來，他以為是飯菜香，後來才知道是熊爸爸正在對熊寶寶發火。

熊爸爸咆哮的說：「你成天跟蜜蜂追逐，害他們沒辦法專心製造蜂蜜，我們要吃什麼、賣什麼呀？」熊爸爸是賣蜂蜜的專家。

　　熊寶寶說：「人家無聊嘛！誰叫你不准我帶朋友來家裡玩。」

　　熊爸爸很小氣，怕熊寶寶的朋友會偷吃蜂蜜，所以不准他帶朋友來，也不准他到別人家去。

　　熊媽媽求情的說：「寶寶已經長大了，他需要朋友，你就答應他帶朋友來家裡玩，或讓他到朋友家去。」

　　熊爸爸本來想說「都是妳把他給寵壞的」，可是他的臉色突然變得很柔和，對熊媽媽說：「說得也是，小寶長大了，是該有玩伴，從今天起，你可以請朋友來玩，或者到朋友家去玩。」原來古怪悄悄從煙囪溜下來，附到熊爸爸身上。

　　熊寶寶高興的對熊爸爸說：「真的嗎？那我以後也不再搗蛋，要讓蜜蜂安心採花蜜。」

　　熊媽媽用奇怪的眼神看看熊爸爸，說：「你終於想通了。」

　　他們一家三口緊緊擁抱著，古怪想這次做對了。

　　古怪東逛西逛，逛到宮殿來，獅大王正在審問狐狸，因為母雞告狐狸偷她的蛋，鴨媽媽當證人，說她看到狐狸從母雞的窩裡逃走。狐狸一直否認，獅大王本來要顯顯威風讓狐狸招認，可是他卻和氣的說：「母雞，狐狸吃妳一兩顆蛋又怎麼樣，反正妳每年都下很多蛋嘛！大家都是森林裡的朋友，彼此包涵就沒事了。」

　　母雞不斷辯駁，鴨媽媽也急著幫忙說明，最後獅大王竟然判狐狸無罪，母雞、鴨媽媽，和所有旁聽的動物都覺得不可思議，一向公正的獅大王怎麼會做出這種黑白不分的判決！誰也搞不清楚，調皮的脾氣種子在其中作怪。

　　古怪看到母雞傷心的哭，才知道自己做錯了，於是他想要補救……

　　狐狸聽到獅大王說他無罪，趾高氣昂的準備走了，他想去找些好吃的來巴結獅大王。可是他突然把跨出去的腳收回，回頭指著獅大王說：「蠢蛋，你也配當森林中的大王，還不快滾下來，讓本大爺上去過過當大王的癮。」

　　獅大王這時已恢復本性，聽到狐狸這麼無理的對他說話，氣得叫手下把狐狸抓起來，先打五十大板，再關到牢裡做苦工。

　　狐狸一直想不通，自己在獅大王面前，一向最會虛偽奉承，今天怎麼吃錯藥？發那種古怪脾氣，結果自討苦吃。

　　就這樣，古怪在森林裡扮演維護正義的角色，有時候他會出點差錯，但都能及時補救，原本紛爭不斷的森林，好像被一股無形的力量，變得和諧許多。

　　早起的鳥兒說，他們曾經看見露珠上有一隻彩色的小精靈，他們認為是那隻可愛的小精靈為森林帶來和平，所以鳥兒特別喜歡對著早晨的露珠歌唱。

　　大家都不知道，露珠裡的小精靈就是脾氣種子「古怪」。

烏龍蛋失蹤檔案

問題來找碴

一、根據脾氣種子的說法，你可以估量自己身上的好或壞脾氣級數嗎？（例如我家的亮亮喵大概有十級好脾氣種子十三級壞脾氣種子）

_____

_____

_____

_____

_____

二、脾氣種子在熊家做了什麼事？

_____

_____

_____

_____

三、脾氣種子怎麼整狐狸？

_____

_____

_____

_____

康康
2007.12.

快樂來塗鴉

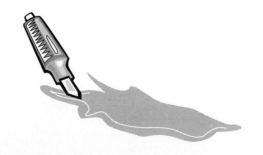

快樂來塗鴉

尋找木蘭

　　「龍之家」正舉辦週年慶，配合千禧龍年的宣傳，人潮川流不息，各式各樣的龍造型玩具被人們買回家當紀念品。

　　「請看我一眼，請多看我一眼，我是一隻與眾不同的龍。」醜小龍心裡不斷發出這種呼喚。可是醜小龍的外表卻吸引不了人們，大家一看到他，只會說：「這也算是一隻龍嗎？」或「這龍真醜，活像隻醜小龍，哈哈哈……」這一類的話。也難怪，他的確是一隻與眾不同的龍，是用麻繩編出來的，頭部像犀牛，身體像一截臘腸，腳短短的，跟龍家族的長相差太遠了；偏偏他的身體被漆成紫色，背上的鰭漆成紅色，尾巴是紅黃綠相間，實在有夠「SPP」。

　　「龍之家」是一家龍的專賣店，店裡的龍琳瑯滿目，有木龍、紙龍、金龍、銀龍、錫龍、玻璃龍、水晶龍、機器龍、模型龍……，多得說不清；造型也變化多端，但一看就知道他們是龍。即使同樣是用線編出來的龍形中國結，也比醜小龍漂亮很多，有不少外國人買呢！櫃台前排滿結帳的人，老闆喜孜孜的和顧客寒暄，誇他們眼光好、品味高。醜小龍已經不抱任何希望了，心裡暗暗嘆氣。

　　突然一隻小手把醜小龍抓起來，一個叫小宇的小男孩說：「媽，這隻很像電影《木蘭》裡面的木鬚龍，我要買。」

　　「小宇，這裡有這麼多龍，你多看看，說不定會有更喜歡的。」媽媽皺皺眉說。

　　「對啊，小宇，你看，這是最新的模型龍，上面說可以走路，還會噴火，你要不要看看？」看得出來，爸爸對醜小龍也沒有好感。

　　「不要，不要，我就是要這隻。」

　　這時老闆出現了，笑著說：「小朋友，你的眼光真是與眾不同，這隻龍恐怕是世界上獨一無二的，他是我的朋友從一個落後地區帶回來，是當地的原住民用麻繩編的，純手工的哩！」

　　老闆很寶貝的從小宇手中拿回醜小龍，接著說：「你們看，這龍的身體可以左右扭動，很逗趣。本來我想自己收藏，小朋友如果喜歡，我就割愛了。」

　　醜小龍真不敢相信自己的耳朵，昨天老闆才說：「再沒有人買這隻醜傢伙，我就要把他丟給小狗玩了。」今天他竟然可以講出這些話！「醜小龍」這名字還是他取的，當初他朋友拿這隻龍來賣，他說這隻醜不拉嘰的龍，會破壞「龍之家」的格調，朋友好說歹說才讓他以低價買入。

　　爸媽還在商量，老闆「阿沙哩」的說：「這樣好了，你們買一盒模型龍，我就把這隻醜小，啊，不對，這隻寶貝龍送你們，買一送一啦！」

　　小宇拉拉媽媽的衣角，爸爸拿著那盒模型龍，他們決定接受老闆的「買一送一」。結帳時，店員偷偷告訴他們，那隻麻繩編的龍叫「醜小龍」，小宇說：「我要叫他木鬚龍。」

　　醜小龍知道現在他的新名字是「木鬚龍」，原本他不知道小宇為什麼要幫他取這個名字，回家後小宇放一捲「木蘭」的錄影帶，他才知道小宇把他當成裡面的木鬚龍了。小宇喜歡「木蘭」裡的木鬚龍，而這隻麻繩編的木鬚龍卻喜歡上故事裡的木蘭，喜歡她的俏皮、勇敢和孝順。雖然木鬚龍是小宇要的，可是他實在不喜歡小宇，因為爸媽非常寵小宇，小宇對玩具很粗暴，木鬚龍的腰都快被扭斷了。不久以後，小宇玩膩了，木鬚龍也被丟到角落。

　　木鬚龍很不甘心，在「龍之家」，他只希望早日被買走，沒有想過被買走後要做什麼，現在他知道自己像木鬚龍，他覺得應該去尋找一個木蘭。木鬚龍開始有夢想，雖然時代不一樣了，但他相信這個世界上，一定

還有像「木蘭」一樣的女孩。

　　有不少小朋友來家裡玩，木鬃龍很希望會有一個「木蘭」出現，把他帶回家，他會忠心耿耿的幫她做一番大事。可是小宇的玩具太多了，根本沒有人注意到他的存在。

　　有一天，小宇從幼稚園放學回來，媽媽拿一個大袋子，要小宇把不想要的玩具丟到袋子裡，木鬃龍也被丟進去了。媽媽說要把這些玩具送給沒有爸媽的小孩。這是爸媽第一次參加這種活動，他們決定帶小宇去。木鬃龍很高興，總算有機會去尋找木蘭了。

　　育幼院的小朋友都坐在活動室裡，等叔叔、阿姨們來。有的叔叔、阿姨們常來，小朋友和他們很熟了，每到這一天，他們就特別高興，有的拿自己最得意的作品要給人家看，有的要為大家唱歌。

　　叔叔、阿姨們來了，帶來點心、玩具，育幼院的小朋友趕緊上前迎接，大家把東西安置好，團團圍坐一起。

　　「素素，過來跟大家一起好不好？」一個小女孩坐在窗台上，育幼院王老師哄她下來跟大家一起，她都不肯。這已經不是第一次了，王老師也只好由她去。大家吃吃聊聊後，又到表演時間，為了鼓勵小朋友踴躍出場，表演的人可以優先選擇玩具。小朋友陸續表演，也各自選取自己喜歡的玩具。

　　素素的眼神一直都很呆滯，有時看看窗外，有時看看圍坐的人群，好像是另外一個世界的人。許多人要幫她，都沒辦法讓她開口講一句話，心理醫生說她受到的刺激太大，需要時間來恢復。

　　輪到小剛表演了，他是育幼院的耍寶大王，專會模仿明星的表演，也只有他的表演會吸引素素看得入神，所以王老師叫他多表現。王老師注意到素素專心在看小剛表演，雖然大家笑得前翻後仰，她還是發呆的樣子，不過王老師已經很滿意了。表演完，小剛到玩具箱選玩具，他拿到木鬃龍，誇張的高高舉起，說：「這是一隻——」他話還沒說完，一聲「木鬃

龍——」從窗邊傳來，是出自素素的嘴巴，這真是不可思議，打從進入育幼院，她就沒說過一句話。更不可思議的是，她竟然飛奔過來，把小剛手中的木鬚龍搶去，抱在懷裡又哭又笑。

小宇嘴巴張得大大的，沒想到自己不想要的玩具別人卻當寶貝，他還注意到那個女孩子身上穿著木蘭的衣服。王老師高興的把木蘭哄到一邊，然後叫小剛和兩個較懂事的女孩陪著木蘭，她回頭來打聽，木鬚龍是誰帶來的玩具？

王老師知道木鬚龍是小宇的玩具後，特別請小宇他們一家人到辦公室談話。從王老師的口中，他們才知道那個女孩叫素素，素素的家人——爸爸、媽媽和弟弟，在大地震中喪生，她在一個崩塌的牆角被救出來，從此眼神呆滯，一句話都不講，只有睡覺做惡夢時會大哭大叫；而且只要一點點震動，她都會害怕得大哭。有一些親戚願意收養素素，但最後都被她的異常行為搞得生活大亂，只好把她安置在育幼院。

有個親戚說以前素素看了「木蘭」這部電影以後，常常以木蘭自居，每晚要穿著「木蘭裝」睡覺。她被救的時候，也是穿著木蘭裝，而且不肯換下來，親戚只好多買幾套讓她穿。親戚說木蘭有過一隻木鬚龍玩具，地震後不見了。

王老師很感謝小宇的木鬚龍，讓素素重新開口說話，小宇不好意思的低下頭，他想一想，把手放在媽媽耳朵邊說：「媽媽，我們常常來看那個木蘭姊姊好不好？」媽媽對他點點頭。

對木鬚龍來說，這一天很神奇，起先他被挑玩具的小朋友翻過來、攪過去，以為沒人要他，又要被丟在牆角了，沒想到才高高被舉起，就有人來搶去，從此，被緊緊抱著，雖然有點透不過氣，卻充滿幸福的感覺。更神奇的是，這個女孩喃喃的對他說：「我的木鬚龍，我找你好久了，我是木蘭，你記得嗎？」木鬚龍在心裡呼喊：「我也找妳很久了，木蘭！」

素素對小剛說：「謝謝你幫我找到木鬚龍。」小剛愣在那裡不知道說

什麼，一旁的女生趕緊幫腔，接著素素就告訴他們一些她自己的事。木鬚龍跟著聽，暗暗嘆氣，人間竟然有這麼令人悲傷的事，就在幾分鐘內，素素失去了她最親愛的人。小剛他們都陪著素素掉眼淚，他們也說出地震時的恐懼，素素覺得心裡好過多了。

小宇他們常來育幼院，素素很喜歡小宇，她總是說：「小宇，你跟我弟弟一樣，喜歡耍賴，你叫我一聲姊姊好不好，我很久沒有聽到他叫我姊姊了，我好想要他再叫我姊姊。」

「好啊，姊姊，你是我的木蘭姊姊。」小宇大聲叫著，接著他還說：「不對啊，妳如果要當我的姊姊，就要住在我家。」

小宇的爸媽在一旁聽到，互相看一眼，媽媽開口說：「素素是個不幸的孩子，她很需要一個家，她跟我們小宇很好，她——」

爸爸接著說：「妳想收養她？」

媽媽點點頭，恍然大悟的說：「對了，你不是常羨慕別人有女兒？」

「是妳自己，每次看到漂亮的童裝，就說如果我有個女兒——」

爸爸還沒說完，媽媽就說：「我們去找王老師。」

就這樣，素素成為小宇的姊姊，木鬚龍又回到小宇家，不過現在心情不一樣，因為他找到木蘭了。素素常拿著他一起演木蘭的故事，晚上，他都睡在素素的身旁。

有一天，爸媽帶著素素和小宇到「龍之家」，素素手上還抱著木鬚龍。老闆看到他記憶中的醜小龍，迎上來說：「先生、太太，這隻龍不錯吧！」

爸爸說：「他的確是一隻與眾不同的龍。」

「他幫我找到木蘭姊姊。」小宇說。

「他幫我找到一個好女兒。」媽媽說。

「他幫我找到好家庭。」素素說。

老闆看看他們一家人，搞不清楚怎麼回事，不過他摸摸木鬚龍，說：「我猜，他是醜小龍變天龍了。」

烏龍蛋失蹤檔案

問題來找碴

一、你看過《木蘭》這部電影嗎？

_____

_____

_____

_____

二、你知道「花木蘭」的故事嗎？

_____

_____

_____

_____

三、故事裡的木鬚龍是怎麼找到木蘭的？

_____

_____

_____

_____

快樂來塗鴉

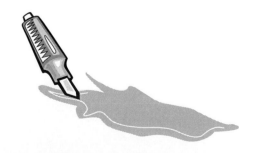

快樂來塗鴉

動物狂歡節

　　郝一俠急急忙忙上車，在他的老位子坐下。今天起得太晚，臉沒洗，早餐也來不及吃，坐定後，才想起麵包和牛奶擱在鞋櫃上忘了拿，回家又要被媽媽罵了。一俠前後左右看一看，怪啦，怎麼沒有看到那些熟悉的面孔？搭了五年同一路線的車，他已經很熟悉兩旁的風景，甚至那些固定搭這班車的人。有一對母子，那位母親總是幫兒子提書包，那個兒子都三年級了，還迷迷糊糊。有一個年輕人，每天都穿西裝、打領帶，頭髮還抹得油亮油亮，但臉上的表情很像撲克牌。有一位阿姨已經第二次懷孕，肚子好大好大，像裝了一個皮球。

　　車子平穩的前進，一俠看看司機，差一點從椅子上跳起來，司機變成猩猩啦！他還在驚愕中，車子停了下來，一個從未見過的白鬍子老公公上來，一上來就跟一俠打招呼，一俠愣了一下，搭這班車的人從來不打招呼的。一俠尷尬的點點頭，老公公已經坐下。一俠覺得好奇怪，不知道該採取什麼行動。車上好冷清，只有老公公和他兩個乘客，老公公和猩猩像老朋友一樣，談個沒完沒了。

　　車子又停下來了，一俠決定要下車，他急急忙忙往前衝，腳正要往階梯跨，卻正有兩隻烏龜氣喘噓噓的爬上來，老公公又和氣的向他們打招呼。

　　老公公告訴一俠說：「小朋友，不要急著下車，我們要去一個好玩的地方。」

　　一俠覺得又奇怪又新鮮，他往窗外一看，不得了，不再是他熟悉的景色，車子在他不知不覺中開到陌生的地方。

　　下一站，猴媽媽背著猴寶寶上車，猴媽媽手上還挽著一串香蕉，他們一上車也和老公公談個沒完，好像是認識很久的朋友。接下來的每一站，都上來一些動物，啊！不，還有其他東西……

　　一片雲飄進來，先打個「哈啾」，噴得大家一身濕，他忙著道歉，說他有點感冒。

　　一隻公雞提著一籃雞蛋上車，把蛋擺在一個座位上，母雞就窩到蛋上面，專心孵蛋。

　　一隻小鳥從窗口飛進來，停在老公公身上，他告訴老公公說，他爸媽及哥哥姊姊都要自己飛行，他懶得飛就來搭車，老公公還摸摸他的頭，笑他是小懶蟲。

　　牛伯伯也上來了，把舌頭伸出來舔舔小猴子的臉，小猴子騎到牛伯伯身上。

　　奇怪的是這車子好像永遠也裝不滿，不像平常，人一多就擠得水洩不通。

　　接下來有好幾隻魚上來，沒搞錯吧！魚怎麼跑到陸地上來了。他們仍舊擺動魚鰭，彷彿沒有離開水一樣。一俠趕緊用手在周圍撥一撥，看自己是不是生活在水中？結果四周都是乾的，他一直想不通魚為什麼可以離開水？

　　再下來是一隻大鱷魚，他爬呀爬呀，爬到一俠旁邊，張開大嘴巴，一俠嚇得把兩隻腳舉得高高的，誰知鱷魚只是打個哈欠，並對一俠說：「小兄弟，你一大早做抬腳運動，很好！」

　　鱷魚爬上一俠旁邊的座位，一俠嚇得想從窗口跳下去。鱷魚卻又把頭伸到一俠旁邊，說：「小兄弟，我要出來的時候，兩個小傢伙硬要跟出來，我怕他們打瞌睡，不敢把他們馱在背上，就把他們吞到肚子裡。他們剛才還在我肚子裡打打鬧鬧，現在大概睡著了，你幫我喊醒他們。」

　　說著，鱷魚把嘴巴張得好大，兩隻小鱷魚的鼾聲從那裡發出來，。一俠顫抖的叫幾聲，小鱷魚沒動靜，鱷魚爸爸叫他把手伸進去抓。一俠想：這怎麼可以，虎克船長的手就是被鱷魚咬走的！

　　一俠害怕的瞪著鱷魚，手不自覺的往後縮，老公公笑著走過來，說：「看我的！」說著把香蕉皮綁在鬍鬚上面，再把它們垂到鱷魚的嘴巴裡，不久，兩隻小鱷魚被鬍鬚「釣」上來了。老公公把小鱷魚放在牛伯伯背上，他們馬上和小猴子打成一團。

　　一俠認為自己一定是在做夢，可是他咬咬舌頭，覺得好痛，用手捏捏大腿，也有痛覺。但眼前看到的景象，像是一部動畫影片，很不真實。

　　一俠決定搞清楚怎麼回事，他問老公公，車子要去什麼地方？這些動物為什麼上車？他們為什麼不會吵架？魚為什麼能生活在陸上？雲為什麼也來了？……

　　老公公笑著說：「慢慢來，小兄弟，你的問題一籮筐，叫我從哪裡答起？」

　　「可是，我心裡有太多疑問啦？」一俠急急的說。

　　老公公摸摸鬍鬚，慢條斯理的說：「小兄弟，今天是烏有鄉一年一度的盛大聚會，許多動物都接到邀請函，特地趕來參加。」

　　一俠又問：「為什麼雲也來了？」

　　「他也接到邀請函啦，你等會兒還會看到雷公雷婆呢！他們要負責演唱會的音響。」老公公回答。

　　「為什麼電視上沒有做廣告？」一俠覺得這麼盛大的事，電視臺應該會報導。

　　「我們不讓人類知道這檔子事，他們知道了，後果會很可怕的。」鱷魚代替老公公回答。

　　「老公公是人，我也是人啊！為什麼讓我們參加？」一俠這下子找到他們的漏洞了。

　　公雞說：「你們是我們的特別來賓。」

　　老公公說：「對，我們非常榮幸當他們的特別來賓，小兄弟，你不喜歡嗎？」

一俠不知道怎麼回答，喜歡動物的他，沒想到能和這麼多動物在一起，當然覺得高興，可是來得太突然，也太奇怪，他有點措手不及。他也害怕自己缺課，會被老師和爸媽罵，何況今天是他生日，學校裡有同學要送他禮物，爸媽也訂蛋糕要慶祝呢！

老公公好像看出一俠的擔憂，就拍拍一俠的背說：「他們每年只邀請一位小朋友參加，你應該感到榮幸，一切都別擔心。」

一俠不知道該感到榮幸還是害怕，他可是個全勤的學生，連生病也不輕易請假。他才想著，一聲獅吼，車子又停下來，一頭獅子上來了，小猴子不和小鱷魚玩，卻急急爬到獅子頭上耍。

老公公熱情的對獅子說：「節目都安排好了嗎？」

獅子說：「一切OK！」

陸陸續續，又有許多動物擠上這部裝不滿的車。

到達目的地了，是一處山明水秀的地方，一條清澈的溪流嘩啦嘩啦流過，兩旁的花草散發出芳香。

一個高起的舞臺，布置得美輪美奐。

主持人獅子上臺，說：「今天是一年一度的動物狂歡節，歡迎大家來到烏有鄉，我們準備豐富的瓜果大餐，精采絕倫的節目，還要介紹特別來賓。一位是我們的環保老公公白爺爺，一位是富有愛心的小朋友郝一俠。」臺下響起如雷的掌聲，雷公、雷婆更是賣力鼓掌，聲動山谷。

白爺爺說：「郝一俠對待動物很有愛心，看到路邊流浪的小貓小狗，都會和他們打打招呼，把手上的東西給他們吃。如果有小朋友欺負小動物，他也會見義勇為，挺身出來解救小動物。我觀察了很久，今年就選他來參加狂歡節。」

一俠這才知道是白爺爺選他來的，他平常就喜歡動物，連螞蟻都不忍心傷害。他常勸告同學要愛護動物，有時候會把零用錢捐到流浪動物之家。他還寫文章要大家愛護稀有動物，以免那些動物從地球上消失。

節目開始了，一俠和白爺爺坐一起，幾隻蝴蝶在他頭上圍成一個漂亮的花環。他欣賞到河馬跳肚皮舞、狐狸和狼說相聲、烏龜疊羅漢、鱷魚表演噴火功、駝鳥歌舞團高超的舞技……雷公雷婆的音響很好，雲來製造舞臺氣氛，真是太精采了。

狂歡節在夕陽餘暉中落幕，動物又都擠上那一輛永遠也裝不滿的巴士，猩猩司機雙手緊握方向盤，動物們像粉絲一樣，急著叫一俠在他們身上簽名，好快樂的一天！

動物陸陸續續下車，最後剩下白爺爺和一俠，白爺爺也要下車了，他跟一俠握握手，說：「這是你生命中神祕的一天。」說完就下車了。

最後該一俠下車，他向猩猩司機謝謝，猩猩司機說：「這一天包準你一輩子忘不了！」

一俠望著遠去的車子，心中又興奮又迷惑，就快步走回家。他回家後急著向媽媽解釋缺課的原因，他媽媽聽得一頭霧水，說：「你中午不是才要我拿水彩用具去嗎，你一整天都在學校啊！」

媽媽還說明天才是他的生日，那他不是平白多出一天嗎？難怪白爺爺會跟他說：「這是你生命中神祕的一天。」原來這一天不在日曆上，只在一俠的心中，他永遠記得，生命中的某一天，他成為動物狂歡節的貴賓，那是真心喜愛動物的小朋友才有的榮寵哦！

問題來找碴

一、郝一俠上了什麼車？車上有什麼奇怪的現象？

二、「動物狂歡節」是什麼節日？在哪裡舉辦？

三、白鬍子老爺爺為什麼挑選郝一俠參加「動物狂歡節」？

快樂來塗鴉

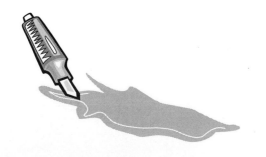

快樂來塗鴉

阿江的如意算盤

　　黃鼠狼阿江一大早就出門覓食，他嘴裡喃喃祈禱，希望有好運氣。果然，他的祈禱應驗了，草叢中一顆雞蛋，摸一摸，還有點溫熱，他捧起來準備要享受新鮮的早餐。

　　「慢著，如果我一口吃掉，這顆雞蛋就沒了，如果我把他孵出來，蛋生雞，雞生蛋，這一輩子就享用不盡了。」阿江自以為很聰明的打著如意算盤。

　　阿江小心奕奕捧著蛋到農場，守門狗大黑一看到他就大聲狂吠，阿江說：「狗兄弟，我今天堂堂皇皇走大門進來，就不是來做偷雞摸狗的事，你看，我這裡有一顆雞蛋，想請母雞幫我孵出小雞來。」

　　大黑說：「你這顆雞蛋八成是偷來的，母雞不會幫你。」

　　「我發誓，這顆雞蛋是我撿來的，請母雞幫幫忙吧。」阿江指天發誓。

　　大黑看他說得那麼真，就進去問母雞，願不願意幫阿江孵蛋？所有的母雞都搖頭，阿江生氣的說：「大家都不幫我孵蛋，我自己來孵！」

　　大黑看看阿江說：「我勸你把蛋吃掉算了，你孵不成就是臭蛋一顆。」

　　阿江回家後，用乾草鋪一個雞窩，把蛋放上去。他輕手輕腳爬上去，屁股往蛋上面一坐，他不敢用力坐，怕把蛋坐破了。好辛苦呀，他兩腿蹲得好酸，好幾次都想把蛋一口吃掉算了，可是一想到「雞生蛋，蛋生雞」這個如意算盤，就硬是把口水吞下去。

　　盼過好多個白天，盼過好多個黑夜，這顆蛋始終沒有動靜。其他黃鼠狼早就把這件事當笑話一樣，傳遍森林。「黃鼠狼孵蛋」上了「森林怪

報」的頭版新聞，記者還偷拍到一張珍貴的照片，那張照片被「森林笑刊」當成封面。有些心理醫生主動要幫阿江看病。

每天，阿江家門口都有很多觀眾，他的鄰居阿火頭腦動得快，守在門口收錢。阿江很生氣，就把門鎖起來，整日孵蛋，只吃些乾糧充飢。

不知過了多少天，有一日，阿江感覺有動靜了，他把屁股往旁邊一挪，見到一隻粉嫩的小東西，從蛋殼裡出來。

「我成功了，我成功了！」阿江跳下窩，打開大門，向外面大叫。森林怪報、森林笑刊又因為報導阿江孵蛋成功而大大暢銷。

接下來阿江可有得忙，他忙著圍籬笆要做養雞場。當他工作的時候，小不點（阿江為小雞取的名字）總是跟在一旁玩。起先小不點叫阿江媽媽，阿江啼笑皆非，自己一隻「堂堂男子狼」被叫成媽媽，太不成體統，他要小不點改口叫他爸爸，小不點就爸爸長、爸爸短的叫。阿江嘴裡雖應著，心裡卻想著：等你生了蛋，蛋再孵出雞，我就要把給你宰了。

小不點不知道阿江打的如意算盤，他從蛋殼出來，第一眼就看到阿江，所以認定阿江是他的媽媽。阿江為了讓小不點長得快，常找小蟲、穀子給小不點吃，小不點就更覺得阿江是好媽媽，阿江要他改口叫爸爸，他就順從的叫爸爸。

小不點很會撒嬌，每當阿江躺著，他就爬到阿江身上，吱吱喳喳唱歌給阿江聽。阿江也會逗著他玩，常告訴他說：「等你長大，要生很多雞蛋哦！」

小不點聽了阿江的話，總是點點頭。很不幸的，阿江發現小不點是一隻公雞。他的如意算盤打到這一步，打不下去了。想到他當時白天、黑夜不停的蹲在蛋上，忍受森林裡各種動物的嘲笑，為的就是那個偉大的夢想，卻沒想到小不點是一隻公雞。他不想長期投資，想把小不點吃掉。阿江把小不點叫來，小不點搖著小屁股，高高興興走過來，以為爸爸有好東西給他吃，仰著頭等。阿江張口，看小不點那副傻不楞登的樣子，很可

愛，尤其小不點頭上開始長雞冠，看起來更令阿江開不了口。阿江親親小不點的小雞冠，放他一馬。

阿江想等小不點長成大公雞，那時候大概不會心軟了吧！

有一天半夜，阿江被突來的雞啼吵醒，原來是小不點開始學叫了，聽到遠方有雞叫，他也跟著叫。阿江不得不起來訓小不點一頓，從此小不點不敢在半夜亂叫。不過小不點卻像狗一樣，每當家裡有陌生客人來，他就會啼叫，提醒阿江注意。有一次，阿火趁阿江在園子工作的時候，想來偷肉乾，小不點拉開嗓門大叫，阿江跑回來，剛好逮個正著。從此大家都知道阿江家裡有隻「看門雞」。

小不點終於長成大不點，他雞冠紅潤、高聳，看起來很威武。阿江常和他玩遊戲，鬥來鬥去，真的像一對父子。

有一次，森林裡舉辦鬥雞比賽，許多經過訓練的鬥雞，都準備在鬥雞場上廝殺一番。阿火很氣小不點，就慫恿阿江讓小不點報名去參加鬥雞比賽。小不點不知天高地厚，吵著要去。其實阿火也打著如意算盤，他認為小不點沒受過訓練，一定會鬥死，到時候再慫恿阿江吃掉小不點，他也可以分隻雞腿什麼的。

阿江經不起小不點的要求，只好答應。

鬥雞那一天，真是「冠」蓋雲集，每隻雞都充滿鬥志的樣子，沒見過世面的小不點，覺得場面很有趣，一點都不害怕。

正式比賽開始，戰況非常激烈，小不點鬥雞的方式和別的鬥雞不同，他不按牌理出牌，竟然一路戰勝，跌破那些鬥雞評論家的眼鏡。最後一場冠亞軍賽更是戰得天昏地暗，小不點一度受傷，雙方你來我往，分不出勝負。阿火原本希望小不點會輸，這個時候卻也猛替小不點加油。阿江的神色更是緊張，喊得喉嚨都啞了。

小不點非常希望自己能贏，因為他有時會聽到阿火和阿江的對話，知道阿江養他就是為了要吃他，他想自己如果能贏，說不定阿江就不會吃掉

他。但是對手畢竟是經過特別訓練的狠角色，小不點漸漸又處在下風，最後，一個疏忽，小不點輸了，他以為自己逃不過被吃的命運。

比賽結束後，阿江很細心的幫小不點療傷。小不點小聲的問阿江說：「爸爸，我鬥輸了，你會不會把我吃掉？」

阿江說：「小不點，我原本希望你是一隻母雞，能為我生雞蛋，讓我能有更多雞，這樣食物就不成問題，可是我辛辛苦苦把你孵出來，又和你相處這麼久，實在不忍心吃掉你。這一次，你參加鬥雞比賽，我發現自己關心的不是你會不會得冠軍，而是你的安全，我已經把你當成好兒子，哪有父親會吃掉自己的兒子？」

小不點一聽，高興得喔喔啼。從此，阿江和小不點成為一對快樂的父子，阿江早把如意算盤拋到腦後了。

問題來找碴

一、黃鼠狼阿汜撿到一顆新鮮雞蛋後，決定怎麼辦？

二、有句歇後語的前半句是「黃鼠狼給雞拜年」，你能接後半句嗎？

烏龍蛋失蹤檔案

問題來找碴

三、阿沉最後決定如何對待小不點？

快樂來塗鴉

波仔和飛仔

　　有一位做風箏的老師父，覺得自己年紀太大，沒什麼精神再做風箏，想要退休了。他一輩子做過不少風箏，但都已經賣出去，手邊竟然沒有保留半個，他想在退休前，精心的做一個留下來當紀念。老師父花很多心思來設計這個風箏，而且非常細心的做，好久好久才完成，他自己感到很滿意，還為這風箏取個名字叫飛仔。他把飛仔放在一個漂亮的紙盒裡，時常拿出來看一看，對著他講話。

　　飛仔躺在紙盒裡，心裡卻非常不高興，他覺得自己是屬於那一片又高又藍的天空。好想去飛翔！有一天，老師父不在家，來了一個小偷，小偷東翻翻、西找找，沒找到什麼值錢的東西，就把那個漂亮的紙盒帶走。

　　飛仔發現自己被帶出老師父的家，心裡很高興，以為飛翔的機會來了。他想到自己漂亮的身體，飛到藍藍的天空中，一定成為大家注視的焦點，愈想愈陶醉，好像已經飛上天空了。

　　小偷回家後，忙著把紙盒拆開來看，看了很失望的說：「我還以為是什麼好東西呢，原來是這玩意兒，沒什麼用！」說完就把飛仔擱一邊，把紙盒子拿去裝他偷來的一些比較貴重的東西。飛仔沒想到自己不但上不了天空，連漂亮的家也沒了。小偷住的地方比老師父的家還破舊，到處髒兮兮，不久灰塵就爬上飛仔的身體，他懷念起老師父那個小小卻乾淨溫暖的家了。以前老師父沒事時就會對著他講話，那時他還嫌老師父嘮叨，現在才知道老師父多麼愛他，他好想回到老師父的身邊。

　　有一天小偷不在，一個叫波仔的小孩跑到小偷家來亂翻，波仔全身也是髒兮兮，他一眼看到飛仔，眼睛一亮，把飛仔身上的灰塵抖一抖，就把

他帶走了。波仔的爸爸媽媽很忙，沒時間管他，他就常常逃課。今天他很高興拿到飛仔，因為他沒錢買風箏。飛仔漂亮又牢固，放起來一定很過癮。波仔知道有一個地方很空闊，他拿起飛仔就跑，跑到那片草地上，開始放風箏。天氣非常晴朗，藍天中飄著幾朵白雲，波仔沒看過這麼大又這麼漂亮的風箏，他的身體有點像龍，卻有一張可愛的娃娃臉，波仔放風箏的技術可是一流的，他輕輕跑幾步，風箏就順著風向飛上天空，那彩色的龍身飄在藍天真是漂亮，波仔好陶醉，把上學的事都拋到腦後了。

飛仔的心裡可不樂，他沒有飛翔過，所以一開始很不習慣，他孤零零的在高空飄，一點也感覺不到飛翔的樂趣，想到老師父，心中更覺得難過。飛仔往下看，想找一找老師父的家，但他愈飛愈高，地面上的房子本來像小盒子，漸漸的只剩下一個點。波仔也不讓他飛太遠，把他控制得很緊。飛仔恨小偷，也討厭波仔，他不想再回小偷的家，也不願意波仔來當他的新主人，所以拚命掙脫，不讓波仔控制。飛仔使盡力氣要逃離波仔的手，可是波仔也不是省油的燈，當他發現風箏不受控制的時候，反而用盡力氣抓緊。

就這樣飛仔和波仔，一個在天上，一個在地面，展開大對決，誰都不肯鬆口氣。曠野裡空無一人，只有風呼呼的吹，波仔早上沒吃飯，肚子很餓，力氣漸小，但他還是咬緊牙根拉著，突然間他以為風箏輸了，因為他的手輕鬆一點了。可是沒多久他就發現完蛋了，原來是他跟著風箏飛起來。他感覺自己輕飄飄，一下子就離地面很遠，他很慌張，可是又不敢跳下去。飛仔知道自己戰勝了，一直往高空飛。波仔想既然下不去，不如往上爬，看風箏能玩出什麼把戲！

當波仔快爬到風箏身邊的時候，風箏突然說話了，他說：「你是壞小孩，偷別人的東西。」

波仔愣了一下，沒想到風箏會跟他說話，他也很不高興的說：「誰叫你要落到我們老大的手裡，活該！現在你又害我回不去，你才是壞蛋！」

他們兩個互相看不順眼，就這樣隨著風飄呀飄呀，波仔又累又餓，他跟飛仔說：「我叫波仔，我們做個朋友好不好？」

飛仔這樣漫無目的飄著，心裡也很著急，天上只有他和波仔，只好和他和解了。他向波仔說：「我叫飛仔，我們就做個朋友，想辦法一起回到地上去吧。」

於是波仔和飛仔結成好朋友，兩個人互相介紹自己的身世，他們一起想辦法要回到地面去。

他們停在一朵雲上休息，波仔補充一些水分，一隻鳥飛來，知道他們的遭遇，很同情他們，但鳥也不知道怎麼幫助他們，不過鳥說月光仙子也許可以幫助他們。可是月光仙子住在月宮裡，距離好遠好遠，中間得經過許多奇奇怪怪的星球，恐怕不太好通過。波仔和飛仔下定決心要回家，不管有多麼困難，他們都要去克服。鳥指點他們去找月光仙子，就和他們告別了。

他們照著小鳥所指示的路飄去，飄到一顆有著花香味的星球上。原來這裡是花精靈國，花精靈喜歡種花，住在花屋裡，身上的衣服是花做的，食物也是。花精靈們很好客，一看到波仔和飛仔，就把他們請到屋子裡，準備了豐盛的鮮花大餐請他們。他們沒吃過，飛仔原來是不吃東西的，但是聞到那麼香的味道，也禁不住嚐了一些，波仔更是狼吞虎嚥，吃得一肚子鼓鼓的。接受花精靈們的招待後，波仔和飛仔依依不捨的走了。

下一個星球是「大聲雷」星球，這個星球的人嘴巴特別大，說話特別大聲，所以叫大聲雷星球，但是他們心地很善良，知道波仔他們的遭遇，竟然大聲哭起來，哭聲驚天動地，差點把波仔他們震聾。他們也很熱情的招待波仔和飛仔吃東西，可是他們吃的是岩石，波仔的牙齒根本咬不動，吃得很痛苦，飛仔說自己身上灰塵太多吃不完，才免得受罪。

好容易從大聲雷星球逃出來，他們飄到了「小心眼」星球，這個星球的人特別小心眼，隨時懷疑別人，有了東西也不請別人吃。他們有細細長

長的眼睛，臉上沒什麼笑容，一雙眼睛轉來轉去。波仔和飛仔一到這個星球，就被當間諜抓起來關著，直到他們解釋半天才放走他們，但被警告不能再出現。

波仔和飛仔在小心眼星球被折磨得全身都是傷，不知道未來的命運會怎樣，他們現在已經成為患難的好朋友，互相照顧，互想安慰。下一個星球，他們來到了「好管閒事」國，這個星球的人都很好管閒事，一聽到飛仔他們被關的事，好管閒事星球的勇士就準備要去替他們報仇，可是波仔覺得沒有必要，因為小心眼星球的人，生活已經很不快樂了，沒有必要再找他們的麻煩。好管閒事星球的人幫波仔他們把身上的傷治好，還把飛仔的衣服整理好。在好管閒事星球休養了好久，他們要告別了，好管閒事星球的人準備好多吃的東西讓他們帶走。

波仔和飛仔感覺到這些星球上的人千奇百怪，跟地面上的人一樣，有好有壞。波仔這時才知道他平常稱為老大的人，原來是不正當的人，專門偷別人的東西，有時也叫他去偷，他現在明白道理，決定以後不再做那種事。

後來他們還經過一個最可怕的星球，那個星球陰森森的，到處是洞窟，洞裡面濕漉漉，很深很長，好像永遠走不完。波仔和飛仔為這個星球取個名字叫「地獄」星球，這個星球上好像什麼都沒有，卻又好像有許多看不見的惡魔緊緊跟著。有一回波仔不小心掉進一個洞裡，那個洞特別滑，波仔怎麼努力也爬不出來，飛仔在外面急得像熱鍋上的螞蟻，最後他把自己身上的線垂進去，讓波仔慢慢爬出來，好幾次連飛仔都差一點掉進去，還好靠著他們同心協力，終於逃離那個可怕的洞。又走了好久好久，他們才離開那個星球。

波仔覺得自己離家好久了，不知道爸爸媽媽會不會想他？爸爸媽媽為了賺錢養家，早出晚歸，每天都很辛苦工作，他卻以為家中沒有溫暖，想著想著他流下傷心的眼淚。波仔的淚水映著飛仔身上的亮光，突然化成彩色泡泡一樣，在空中散開。波仔哭得太傷心，飛仔勸也勸不住，不久後他

們就被彩色泡泡包圍住。突然間有一股力量把泡泡驅散，一道光射進來，那光是由一位美麗的仙子的皇冠發射出來的，那位仙子說：「你是誰，為什麼哭得這麼傷心？」

飛仔就把他們的遭遇講給仙子聽，並且問仙子認不認識月光仙子，那仙子說：「我就是月光仙子啊！」波仔一聽，也顧不得哭了，趕緊問月光仙子能不能送他們們回去？

月光仙子用手上的仙棒比劃比劃，眼前就出現一艘像太空梭一樣的東西，然後對他們說：「這是雲梭，可以送你們回家。」

波仔和飛仔謝過月光仙子，就鑽進雲梭裡。

雲梭裡有舒服的軟墊，還有許多食物，波仔和飛仔透過雲窗看到好多奇怪的景象，最後看到橢圓形的地球，他們的心都快跳出來了，啊！美麗的家！

他們降落的地方剛好是他們起飛的曠野，快到地面時，雲梭開始解體，最後消失了。波仔回家後，發現爸爸媽媽臉色蒼白的坐在椅子上，媽媽更是把眼睛哭腫了，一看到波仔回來，他們又抱著波仔大哭，波仔這才知道爸媽有多愛他。爸媽說他有一天一夜沒回家了，波仔覺得好像過了很久很久，流浪的滋味真不好受。爸媽問他去那裡了，他一時不知從哪裡說起，就告訴爸媽說他貪玩，跑到朋友家過一夜。

從天上回來以後，波仔好像變了個人，不再逃課，也不再偷東西，還依飛仔的指示，找到了老師父。老師父發現飛仔丟掉以後，心裡很難過，他對飛仔有一份特殊的感情，他以為飛仔是自己跑掉的，因為風箏總是要上天空，他很後悔沒有讓飛仔去飛翔。直到波仔把飛仔帶回來，並告訴老師父他們流浪的經過，老師父感動得眼角濕濕的，他想把飛仔送給波仔，波仔卻不肯要，因為波仔知道老師父很愛飛仔。飛仔建議老師父收波仔為徒弟，教波仔做風箏，老師父也正想找人傳下他的技術，於是收波仔為徒弟。

從此波仔常來向老師父學做風箏，他很用心學，會做風箏後，就常想些新的造型，而他所做的風箏當中，有很多是他們去過的星球所結交的朋友，不管是可愛的花精靈，或熱心的大聲雷，甚至是小心眼，都是他們想念的朋友，波仔把他們做出來，常拿到野外去放，看著飛仔在空中和這些「朋友」玩追逐遊戲，感覺好像真的又和他們在一起了。他相信，遙遠的那些星球朋友，也一定看到他們了。

問題來找碴

一、飛仔的造型如何?

_____

_____

_____

_____

_____

_____

_____

_____

二、波仔和飛仔曾經到過哪些星球?

_____

_____

_____

_____

_____

_____

_____

_____

烏龍蛋 失蹤
檔案

問題來找碴

三、你喜歡放風箏嗎？放風箏需要哪些技巧？

快樂來塗鴉

快樂來塗鴉

飛貓傳奇

有一隻貓很想飛，他渴望有一雙翅膀，這樣他就可以吃掉那隻叫做「怪怪」的鴿子。這隻想飛的貓叫「臭耳」。

話說一個月前，阿奇的好朋友阿木要出國進修，所以要把臭耳送給阿奇。

「什麼，要把臭耳送我？饒了我吧！」阿奇想到那隻左耳老是流膿卻又頑皮搗蛋的貓，馬上拒絕。

阿木百般哀求，說盡好話，阿奇才勉強接受。

阿奇是畫漫畫的，怕臭耳搗蛋，一帶他回家，就先來個精神訓話：「臭耳，你要識相點，我桌上的畫稿不能碰，牆角那些瓶瓶罐罐不能碰，陽臺上的盆栽不能碰，還有我的被窩你不要鑽，我受不了你的臭耳。」

臭耳哪裡肯聽阿奇的嘮叨？他已經拿眼睛到處瞧，看看有沒有新鮮玩意兒可以顯顯身手。

他一眼瞧到陽臺上有隻鴿子，衝上去就抓，還好怪怪反應快，飛到電線桿上，只被抓掉幾根羽毛。

「你找死呀，敢動我的怪怪！」阿奇握起拳頭。

怪怪曾經受傷，停在阿奇家的陽臺飛不動，阿奇細心照料他，他好了以後，每天都會來找阿奇玩，晚上再回主人家睡覺。

臭耳看情況不妙，沒命的往屋內衝，不小心撞倒一些盆景，有的盆子破了，泥土撒滿地，小樹的根露在外面喘氣。

除了怪怪，阿奇牆角那些瓶瓶罐罐當然也逃不過臭耳的魔爪，此外，他最受不了的是臭耳一定要鑽進被窩和他睡覺。阿奇曾把房門鎖起來，臭

耳就發揮他的「魔音功」，叫得阿奇受不了，只好和他同床共枕，忍受他身上的臭味和跳蚤。

臭耳最有興趣的還是怪怪，他想抓怪怪來玩，可惜怪怪會飛，每當臭耳一撲，怪怪就飛到電線桿上瞪著他。阿奇發現臭耳想欺負怪怪，就會跑出來罵臭耳：「癩蛤蟆想吃天鵝肉！」

臭耳被罵癩蛤蟆很不是滋味，而被比喻成天鵝的怪怪，總是在電線桿上梳他的羽毛，他大概以為自己真的像天鵝那樣美。「還早得很，只要我能飛，就先抓住你這隻短脖子天鵝。」這就是臭耳想飛的原因。

臭耳開始動腦筋，擠個笑臉對怪怪說：「你教我飛好不好？」

「不要，你想抓我。」怪怪搖搖頭。

「我保證，我會飛以後，絕不抓你。」

「我不相信！」

臭耳問怪怪為什麼不怕阿奇？

怪怪回答：「阿奇對我很好，不像你只想抓我。」

「哼！人類最奸詐，他對你好，說不定是有陰謀的，也許他要訓練你去參加比賽，為他得獎金。」臭耳做出一副很了解人類的樣子。

「沒有，他從來沒想過要訓練我。」

「啊哈！我知道了，他要把你養得肥肥的，到時候燉來進補，人類連稀有動物都吃，何況是你們鴿子，可憐啊，到時候，他一定會把骨頭丟給我吃，我在吃之前會幫你祈禱一下，阿們。」臭耳裝出幸災樂禍的樣子。

「亂說，人類把我們當成和平的象徵呢！」怪怪好陶醉，他不理這隻愛挑撥離間的貓，就飛去遊歷一番。

臭耳幾次想騙怪怪，都沒有成功。某一天，阿奇一大早出門，臭耳決定要哄住怪怪，把他抓來玩個高興，然後再慢慢享用「和平鴿大餐」。

怪怪看不到阿奇，以為阿奇還在睡覺，就弄出聲音，想叫醒阿奇。臭耳懶懶的走到陽臺說：「阿奇病了，你最好進來探望他。」

怪怪懷疑的向阿奇的窗口看看，窗簾拉得緊緊的。他對臭耳說：「昨天阿奇不是還好好的嗎？你少騙我！」

「你沒聽過天有不測風雲，人有旦夕禍福嗎？信不信由你，你如果想做隻忘恩負義的鴿子就算了。」臭耳一副無所謂的樣子。

怪怪被臭耳一說，有點不好意思，他決定冒險飛進去看看。臭耳等在阿奇臥室內的衣櫃上，爪子都準備好了。怪怪也是挺謹慎的，他儘量沿著天花板飛。他一看阿奇的床是空的，就知道上當啦，正準備開溜，臭耳一個高空迴旋撲，怪怪的羽毛又一次遭殃，不過總算保住一條小命。

臭耳因此更渴望自己能飛。但想飛似乎是太遙遠的夢，臭耳決定利用「友誼」騙怪怪，等機會成熟就攻擊。他每天找話題和怪怪聊天。

有時候他們談飛行，怪怪告訴臭耳，飛在天空中往下看，河流像一條彎彎曲曲的銀色帶子，房子像重重疊疊的小籠子……。

有時候他們談飛行的感覺，怪怪說飛起來感覺世界非常寬闊，自在逍遙。

有時候他們換個角度想，如果怪怪是貓，而臭耳是鴿子，或者阿奇變成貓，還是變成鴿子，或者他們變成人類，會有什麼趣事發生？

臭耳愈來愈喜歡怪怪，怪怪也愈來愈喜歡臭耳，他們的想像力都很豐富，所以愈聊愈起勁。

阿奇卻很煩惱，老闆說他畫的東西沒有創意，他自己也覺得畫的東西太不吸引小朋友。

怪怪和臭耳每天「咕咕」、「喵喵」，好像雞同鴨講。阿奇起先很擔心臭耳把怪怪吃掉，後來發現怪怪總是在電線桿上才放心。

有一天，臭耳說他想學飛，怪怪不好意思潑他冷水，就鼓勵他飛。臭耳從地面「飛」上欄杆，得意的看看怪怪。怪怪說：「那是『跳』，不是『飛』。」

臭耳就從欄杆往下飛，他特別注意不要像平常那樣跳下來，他伸開四

肢，學怪怪上下拍動，「碰」的一聲，肚子先著地！阿奇衝出來，看到趴在地上像隻瘟貓的臭耳，說：「你想自殺應該往外跳才對！」

臭耳知道阿奇心情不好，沒理他。

臭耳每天都試，但都失敗了，他抬頭問天：怎樣才能成為一隻會飛的貓？

有一天，怪怪又談著外面世界的多彩多姿，臭耳非常遺憾自己沒有翅膀。怪怪安慰他說：「你沒有真正的翅膀，但有想像的翅膀，可以用想像的翅膀來飛呀！」

「想像的翅膀」？對呀！臭耳想通了，他開始用想像的翅膀來飛。他利用怪怪告訴他的景象，想像自己在飛，果然他有飛翔的感覺了。

某天夜裡，臭耳又在陽臺上運用想像的翅膀，想像自己正飛上天空和星星們捉迷藏。不知不覺，身體浮起來了，他睜開眼睛，發現自己正浮出阿奇的家，看到萬家燈火，馬路上的汽車像燈河流動著，好美！抬頭看，天上的星星對他眨眨眼。他拍拍四肢，竟然像翅膀一樣可以飛翔，他懷疑自己在作夢。他四肢自然擺動，風呼呼由耳邊飛過，一切都和怪怪說的一樣。他趕快飛回阿奇家，等著要將這天大的好消息告訴怪怪。

臭耳降落的聲音很輕，連在屋裡畫漫畫的阿奇都沒聽到。

隔天一大早，怪怪才落在電線桿上，臭耳就告訴他這個天大的秘密。

「真的嗎？」怪怪以為臭耳想飛想瘋了。

「真的，不相信你看！」臭耳照著昨夜的方式起飛，卻怎麼也飛不起來。

不管臭耳怎麼形容他所看到的東西，怪怪都不相信。怪怪只相信臭耳的想像力，他下個結論說：「可惜阿奇沒有你這種想像力，不然他就不會這麼苦惱。」

臭耳要怪怪晚上留下來看他飛，怪怪勉強答應。

晚上，怪怪帶著看戲的心情等著臭耳出糗。臭耳深呼吸三次，果真拍

著四肢飛起來了，怪怪真不敢相信，但是，一眨眼工夫，臭耳已經降落在怪怪面前，對著怪怪大眼瞪小眼，怪怪嚇得叫出聲來，身體也彈得好高。阿奇聽到怪怪的聲音，趕忙衝出來，睜著疲倦的雙眼看看電線桿後，拍拍自己的額頭，一邊往屋裡走，一邊自言自語：「我真是趕稿趕糊塗了，竟然以為那隻笨臭耳爬上電線桿，而且還發出鴿子的叫聲，我還是去睡覺好了。」

臭耳看到阿奇出來，停在電線桿上動都不敢動，等阿奇進屋裡，才飛回陽臺。怪怪終於相信臭耳會飛了，他輕聲問臭耳：「你會不會吃掉我？」

臭耳說：「怪怪，原來我想飛是為了要吃你，但是我會飛以後，發現世界太廣闊、太有趣了，是你鼓勵我用『想像的翅膀』，我才學會飛的，我不會忘恩負義，我們一起去飛翔吧！」

於是他們常一起去飛翔，一起分享飛翔的快樂。

自從臭耳會飛以後，怪怪就敢在陽臺和他聊天，因為臭耳不會抓他。臭耳問怪怪：「人類很聰明，為什麼不能飛？」

怪怪想了一下說：「人類很想飛，他們很聰明，發明滑翔翼、飛機等等會飛的東西，然後他們就坐在裡面飛。」

「人類為什麼不直接利用身體來飛，我懷疑坐在飛機裡，感覺得到飛翔的快樂嗎？」

怪怪也有相同的疑惑。

有一天晚上，阿奇又畫不出東西，拿一杯沒加糖的咖啡在陽臺上苦思，臭耳沒注意到，飛翔回來就直接降落。阿奇這次看清楚了，那麼美妙的降落姿勢，阿奇知道不是自己眼花。

「臭耳，你會飛，你真的會飛？你是那一個星球來的怪貓？」阿奇一連串的問號，臭耳只呆呆的愣著，飛行的秘密被阿奇知道，不知道阿奇會怎麼對付他。

　　阿奇突然間爆發出一聲怪叫，然後奔進屋裡，抓起筆就瘋狂的畫，一張又一張，撕了畫，畫了撕。臭耳一直不敢動，他以為阿奇瘋了。

　　最後，滿地都是紙，阿奇才笑著說：「對了，就是這樣，飛貓，飛貓傳奇，啊，我有靈感了。」然後他跑到臭耳面前嘀嘀咕咕，感謝臭耳給他靈感，並說臭耳是他下一部漫畫的主角。

　　阿奇摟著臭耳親個不停，連那隻臭耳朵也不放過。他還端著咖啡要臭耳共享，臭耳覺得他真是瘋了。臭耳聞一聞，不敢領教，阿奇趕緊換成魷魚絲，臭耳心想：「他到底還記得我是一隻貓！」

　　阿奇抱著臭耳，坐在椅子上想，他想起臭耳其實是很好的伙伴，他是抓蟑螂高手，牆壁上的蒼蠅，他也會躍起來抓。他還會溜滑板，雖然他老是把那些瓶瓶罐罐溜得滿屋子跑。還有，他鑽進被窩裡，被窩變暖活了。

　　阿奇寫信告訴阿木臭耳會飛的事，阿木回信說他佩服阿奇的想像力。阿奇也嘗試跟其他人說有一隻會飛的貓，但大家都把它當一則笑話。不過大家都很喜歡阿奇的「飛貓傳奇」，尤其是阿奇的老闆。因為「飛貓傳奇」裡的臭耳，是一隻頭腦聰明、行動敏捷、富有正義感的貓，當然他最大的特色是「飛」，他利用會飛的特性，暗中打擊壞人，幫助善良的人或動物。鴿子怪怪在漫畫裡是飛貓的好朋友，也是飛貓的好助手，他們很有默契，合作無間，共同打擊罪惡。「飛貓傳奇」為小朋友帶來許多樂趣，而臭耳、怪怪和阿奇，也成為好朋友了。

問題來找碴

一、臭耳為什麼一直想飛？

二、怪怪教臭耳用什麼來飛？臭耳實現飛行的夢想了嗎？

問題來找碴

三、臭耳和怪怪在阿奇的《飛貓傳奇》裡，扮演什麼角色？

快樂來塗鴉

快樂來塗鴉

再讓我抱抱，小乖

　　週末，小彤一蹦一跳的從學校回來，正在按對講機的時候，發現大門邊一隻小狗嗚嗚叫著。小彤彎下身看他，發現牠的右前腳受傷，這時候大門剛好打開，小彤抱起小狗回家。

　　媽媽仔細看了小狗說：「這好像是三樓李太太家的狗，我看他們前陣子常抱進抱出，我們抱去問他們，說不定他們正急著找牠呢！」

　　李太太看到小狗時，聳一聳肩說：「這隻狗是我一個朋友的，他們全家移民到加拿大，把這隻小狗給我們。我們本來也很想養他，可是養了以後才知道養狗好麻煩，我要上班，沒時間多照顧，我的孩子功課忙，也沒有時間多照顧牠。那天帶牠出去，不小心被車子撞了，腿部受傷，我先生不准我浪費錢去醫牠，我只好把牠丟到外面。姜太太，如果你們有愛心，可以養牠啊！」

　　李太太像連珠砲一樣，說了一大堆話，說完兩手一攤，連請小彤和媽媽進去坐坐的意思也沒有，小彤和媽媽只好抱著小狗回家。

　　「媽媽，他好可憐，我們來養牠好不好？」小彤怕媽媽的想法和李太太一樣，很小心的問。

　　「好吧，但是你要負責照顧牠。」

　　小彤抱著媽媽親一下，然後就計劃要如何照顧小狗。

　　「我先幫牠取一個名字，嗯，他看起來很乖，就叫牠小乖吧。」

　　媽媽忽然說：「我們忘了徵求爸爸的意思。」

　　小彤馬上打電話徵求爸爸同意，剛開始爸爸還有點猶豫，但小彤給他各種保證以後，他就答應「試養」，小彤覺得大人真是麻煩。

　　小彤早就夢想要有一隻小狗，今天終於如願以償。雖然小乖是別人不要的狗，右前腳受了傷，又有點皮膚病，可是小彤還是決定要養牠。前陣子看李太太的兒子阿魯抱著小乖，他就偷偷喜歡在心裡，沒想到小乖真的屬於他了。

　　小彤要以行動表現他對小乖的愛，他拿出零用錢，準備讓小乖看醫生，還要幫小乖買食物。

　　醫生用木板固定小乖的右前腳，在小彤細心的照顧下，小乖的腳一天天好起來，皮膚病也沒有了，毛色又恢復以往的光澤。

　　小乖是一隻聰明的狗，每當小彤上學時，牠都趴在窗口送他；小彤放學回來，一按對講機，牠就猛搖尾巴，要女主人去開門。小彤一進門，牠就咬著拖鞋要小彤換。小彤寫功課，牠就趴在一旁陪著，他們成為一對好朋友。

　　到公園玩的時候，小乖最興奮了，牠和小彤玩蹺蹺板，他的體重太輕，那一頭老是高高在上，小彤就一點一點放，讓蹺蹺板上下擺動，小乖就高興的發出快樂的嗚聲。

　　另外，小乖也喜歡溜滑梯，由小彤抱著牠溜，有時候他們溜太猛了，跌得四腳朝天，把公園裡其他人都逗笑了。

　　這一些情況，看在阿魯的眼裡，真不是滋味，小乖原本是他們的呀！阿魯也喜歡和狗玩，可是他懶得幫狗洗澡，懶得清狗狗的大小便。帶狗狗出來玩的時候，又非常不小心，結果……

　　阿魯不斷在媽媽耳邊說：「我們把吉米（小乖的原名）要回來，他本來就是王叔叔送給我們的。」

　　李太太很了解阿魯這種三分鐘的熱度，不想再惹麻煩，不肯答應。可是有一天，那個王叔叔突然來信說，他們無法適應國外的生活，準備再搬回臺灣住，希望能把吉米要回去。

　　這一來李太太可慌了，她急忙跑來跟小彤的媽媽說，小彤聽她連珠砲

一樣，把原主人要回小乖的意思說完，他整個人都呆住了，小乖和他之間已經建立了深厚的友誼，誰都別想拆散他們！

小彤的媽媽聽完，眉頭鎖得緊緊的，她知道小乖在小彤心目中的地位。她對李太太說：「太突然了，請讓我們想一想。」

李太太走了以後，小彤忍不住抱著小乖哭，小乖還不知道是怎麼回事，只一逕的舔著小彤的淚，以為小彤受了什麼委屈。

小彤反對把小乖還給原主人，他說：「小乖的原主人如果很疼愛牠，就不會把牠交給不負責任的阿魯他們。」

小彤的媽媽說：「小乖的原主人大概沒有想到，阿魯他們會這樣對待小乖，我知道你很喜歡小乖，可是小乖畢竟是別人的狗。」

過了兩天，李太太特別買了一盒大大的巧克力，希望小彤把小乖還給他們。

那一天，小彤的爸爸也在，李太太裝得很難過的說：「姜先生，我以為那個朋友會好好住在加拿大，沒想到他們全家都要回來。說實在的，我們也覺得小乖在你們家很快樂，可是我那個朋友曾經對我們有過恩惠，我不想讓他以為我們忘恩負義。」

「你們本來就是忘恩負義的人，小乖生病的時候你們不要，現在牠健康又活潑，你們就要搶回去。」小彤大聲咆哮。

「小彤，吉米本來就不是你的！」阿魯故意叫狗兒「吉米」，他現在可幸災樂禍了。

小彤的爸爸說：「小彤，我也喜歡小乖，可是誰也沒料到會有這種事情，不過可以肯定，原來的主人一樣會好好照顧小乖，我們還是把小乖還他們，不要讓李太太為難。」

「小彤，我們再買一隻新的小狗給你，好不好？」小彤的媽媽開出條件。

「誰要新的狗，我只要小乖！」小彤說著，哭著往外跑。小乖馬上跟

著跑出去。他們來到公園，小彤沒有心情玩，只坐在秋千架上，雙手掩著臉。小乖靜靜的蹲在一旁，他知道小主人難過，他也要表現難過的樣子。

好久，好久，小彤終於想通了，他摸摸小乖的頭說：「小乖，我既然愛你，就不能一心只想佔有你，也許你回到原來主人的身邊，一樣會很快樂，這樣，可以解決很多問題。」

小乖似懂非懂的看著小彤，只要小彤不哭，他也跟著高興。他們倆慢慢走回家，夕陽把他們的影子拉得好長，好長。

離別的日子快到了，李太太為了不穿幫，要求在朋友來之前幾天，就讓小乖住到她家。小乖不懂為什麼又回到這個不太溫暖的家，每當牠聽到小彤上樓、下樓的聲音，都會蹲在鐵門邊，發出嗚嗚的叫聲，小彤經過時，隔著門和小乖打招呼。

那一天終於來了，原主人一家四口出現在阿魯家，吃吃喝喝一頓之後，要把小乖帶回去。這一整天，小彤都魂不守舍，兩隻耳朵伸得長長的，專心聽著由阿魯家傳來的聲音。最後他聽到開門聲，接著是下樓聲，李先生、李太太送客人下去，小乖原來的小主人，一個小女生抱著他，小心的一步步走下樓。

當他們在樓下道別時，小彤再也忍不住了，他衝下去，對著小乖說：「再讓我抱抱，小乖！」

小乖看到小彤，猛地從小女生的手上掙脫，跳上小彤的手，舔著小彤的臉。

這一幕看得原主人一臉的疑惑，李太太尷尬的解釋說：「小彤是我們樓上的鄰居，他很喜歡小乖，哦，不，吉米，吉米也喜歡他，他們常玩在一塊。現在吉米要走了，小彤很難過，所以……」李太太說著說著，聲音也有點哽咽了。

原主人哈哈大笑說：「小朋友，你這麼喜歡吉米，等吉米生小孩的時候，送一隻小吉米給你好不好？」

　　小彤含著淚回答：「好。」

　　他們走了，小乖趴在車窗上，一直看著小彤。車子越走越遠，終於變成一個小點。阿魯不知道什麼時候站在小彤旁邊，小聲對他說：「小彤，對不起，都是我害你這麼難過，下次如果我看到好狗，就抓來送你好不好？」

　　小彤說：「那位叔叔答應我，要送一隻小乖的孩子給我。」

　　「真的，一隻小小乖，到時候讓我跟你一起訓練牠好不好？」

　　小彤點點頭，不過，他真的好想再抱一抱小乖。

問題來找碴

一、李太太為什麼不養小乖？

_____

_____

_____

_____

_____

二、如果你是小彤，你會把小乖還給原主人嗎？

_____

_____

_____

_____

_____

三、如果有機會養小動物，你會選擇養什麼？

_____

_____

_____

_____

_____

快樂來塗鴉

快樂來塗鴉

佛心中的寶藏

　　當早晨第一道陽光射入雲谷的小屋時，老猴肚白推開龍捲兒的房間，用他大大的手掌摸摸龍捲兒的臉。龍捲兒滿足的伸伸腿，抱著肚白迎接一天的開始。

　　龍捲兒是個十多歲的男孩　他的世界非常安靜，因為他生來既聾又啞，和爺爺住在人煙稀少的雲谷。肚白是一隻溫和的老猴子，因為肚子上有一撮白毛，所以叫肚白，他會幫忙打掃、做飯，和龍捲兒是好朋友。

　　爺爺很慈祥，常常跟龍捲兒講故事。雖然龍捲兒聽不到，可是爺爺講故事時，配合嘴型和手勢，讓龍捲兒能懂得爺爺說的故事。

　　龍捲兒的另一個好朋友龍捲雲，是一片聰明通人性的雲，只要龍捲兒做個手勢，或發出特別的咿啞聲，他就載著龍捲兒和肚白到處飛。

　　龍捲兒他們最喜歡去的地方，是山上的一個石洞，洞裡有一尊高大的石佛，爺爺常來這裡禮佛。他們喜歡往石洞的深處走，洞內曲曲折折，又有許多旁出的路，像迷宮一樣，他們常在裡面探險。這一天，爺爺下山辦事，他們又來石洞玩。

　　龍捲兒漸漸長大，對自己不能說、不能聽的缺陷感覺遺憾。他曾經問爺爺，為什麼他生來就聽不到、說不出？爺爺笑笑說，聽不到、說不出有時候也是一種福氣。爺爺又說石佛的嘴巴不說話，卻能告訴大家許多道理；石佛的耳朵似乎聽不到什麼，可是大家卻喜歡把心裡的話都告訴他。這些話龍捲兒似懂非懂，他只是想要聽聽萬物的聲音，也希望能用語言和別人交談，不要老是比手畫腳。

　　龍捲兒仰望石佛，把心裡的話告訴石佛，希望石佛能跟他說些話，可

是石佛依舊靜靜的抿著嘴。他想，即使石佛能說話，他也聽不到，他傷心的哭了。龍捲兒這一哭，可把肚白給嚇呆了，因為龍捲兒一向很快樂，今天為什麼哭了？肚白走過來摟住他。龍捲兒在肚白寬闊的懷抱裡，感受到慈母的溫暖。他停住哭泣，呼喚龍捲雲，用手勢告訴肚白：我們兜風去，把所有煩惱拋到九霄雲外！

★ ★ ★

有三個人慢慢往雲谷裡走來。

「阿忠，這種地方好像沒什麼人來，會有寶藏嗎？」

「老油，你這個人就是缺少耐性，寶藏如果那麼好找，還輪得到我們嗎？」阿忠不耐煩的回答。

「就是嘛，老油，愈是沒人到的地方，愈有寶藏可以找，來，我們再來看看藏寶圖。」番仔打開藏寶圖，阿忠和老油都湊過來看。

阿忠說：「這裡有座吊橋，圖裡面也有，那一定就是這裡了。」

「對，我們趕快走吧。」老油跨出腳步就要走。

「慢著，這座吊橋不知道穩不穩？」番仔警告老油。

老油輕輕踩上去，身體動一動，吊橋跟著搖搖晃晃。

他們前後看看，沒有其他通道。阿忠要老油試走。老油說：「不行，我太胖，還是你來，你身手比較靈活。」

阿忠說：「番仔，你先試試。」

「為什麼，你們想獨吞寶物？」番仔往後退一步說。

當他們正在爭論的時候，一位樵夫擔著重重的柴，從容不迫的從吊橋上走過。吊橋雖然搖搖晃晃，樵夫卻安全抵達對岸。他們也快步跟上，走到吊橋中央，突然刮起一陣強風，吊橋搖晃得很厲害，他們三個人腳步錯亂，伸手亂抓。又來一陣更強的風，他們重心不穩，被吹離吊橋。眼看著他們就要跌落山谷，粉身碎骨了，沒想到身體突然騰空。

　　張眼一看，他們都躺在一朵雲上，不久，雲朵降落在吊橋另一頭。

　　樵夫正在石頭上休息，看到他們，說：「算你們運氣好，碰到龍捲兒騎龍捲雲經過。」

　　等他們神智恢復過來，問了樵夫一些問題，才知道已經到了雲谷，谷中只有幾戶人家，龍捲兒就住在雲谷，擁有一片神奇的龍捲雲。

　　老油問樵夫，谷裡有沒有佛像？

　　樵夫說山上的石洞裡有一尊石佛。

　　阿忠他們三個人眼中射出光芒，急急要龍捲兒用龍捲雲送他們去石洞。

　　樵夫問：「你們是來禮佛的嗎？」

　　番仔連忙說：「阿彌陀佛，我們聽說雲谷有尊佛非常靈，可憐我的母親生病，有神仙託夢，要我來拜石佛，這兩個朋友怕我遭遇危險，就陪我來了。」

　　樵夫一聽，感動的說：「真是孝順，龍捲兒，你就載他們去吧。」

　　龍捲兒比手畫腳，表示不肯。

　　樵夫說：「這孩子又聾又啞，心地很善良，就是脾氣有些彆扭，你們只好自己去，順著這條山路往上走就是了。」

　　肚白突然擋住那三個人的去路，龍捲兒也擺出不歡迎他們去的模樣。

　　樵夫笑笑說：「石洞是他們玩耍的地方，他們大概不喜歡外人去。」

　　樵夫說完就擔起柴回家，阿忠他們才不管，把肚白往旁邊一推，就往山上的小路前進。龍捲兒只好帶著肚白偷偷跟在後面。

　　龍捲兒雖然又聾又啞，心裡可是很明白，這三人講話的時候眼睛猛眨，還帶一些刀斧　並不像是為恭敬禮佛來的，肚白一向與龍捲兒有默契，知道龍捲兒不歡迎這三個不速之客，也就對他們不客氣。

★　★　★

阿忠從年輕的時候就游手好閒，他父親是骨董收藏家，他對骨董沒有興趣，常偷父親的骨董去賣，賣的錢就找些酒肉朋友吃喝玩樂。他父親死後，他光明正大賣起骨董，用來招待酒肉朋友。當他把家產花光，就開始向朋友借錢，許多朋友都變成債主，老油和番仔就是其中兩個。

有一天，他們一起來向阿忠討債，阿忠說：「家裡只剩下這幅畫，你們兩個分吧。」

老油和番仔打開畫，覺得這幅畫不太像骨董，可是番仔注意到畫上面有一首詩是這麼寫的：

在雲之鄉，有一深谷；

在谷之頂，有一石洞；

在洞之中，有一石佛；

在佛之心，有一至寶。

下面還用小字寫著「謹記佛心至寶　雲谷山人畫」

番仔讀著畫裡的詩，突然說：「藏寶圖－」他想住口已經來不及了，阿忠和老油都抓住畫，三個人誰也不肯放。

他們仔細研究過詩裡的含意，都認定這是一張藏寶圖，經過幾度爭吵，最後終於協議，先找到寶再說，於是他們就來到雲谷。

★　★　★

阿忠他們常常為怎麼分寶藏而起爭執，阿忠堅持要分一半，因為藏寶圖是他父親留下來的；番仔說藏寶圖是他看出來的，他才應該多分；老油認為他帶的工具齊全，旅費出得多，他才應該分最多。山中一向很寧靜，

他們吵得肚白覺得很刺耳，禁不住掩住耳朵，龍捲兒在一旁笑，爺爺說的「有時候聽不到是福氣」，想想真有道理。龍捲兒沒事騎在龍捲雲上看他們，覺得他們握起拳頭，怒眼相看的樣子實在可笑，他們還說是來禮佛呢！

半山腰有一塊突出的大石頭，阿忠他們三個人站在那裡往下看，老油對番仔使個眼色，番仔點點頭。老油上前和阿忠講話，番仔趁阿忠不注意的時候，伸手將阿忠推下山崖，阿忠驚叫一聲。遠遠跟著的肚白聽到了，趕緊用手勢告訴龍捲兒，龍捲兒指揮龍捲雲，把快要掉進谷底的阿忠接住。阿忠嚇暈過去，龍捲兒只好把他載回家。

大石頭上的老油和番仔以為阿忠葬身谷底，兩人準備到石洞找寶藏。他們加緊腳程，但是兩個人心中各懷鬼胎，都想獨吞寶藏。

阿忠被載回家時，老爺爺已經回家，急忙把他救醒，還要肚白煮一碗粥給阿忠吃。肚白沈著臉煮粥，龍捲兒也沈著一張臉。老爺爺問阿忠來雲谷做什麼？阿忠結結巴巴的說要來禮佛。

老爺爺摸著鬍鬚說：「平常龍捲兒和肚白對外來的人都很和氣，尤其對禮佛的人，歡迎都來不及呢！可是我看得出他們不歡迎你，再說我看你的模樣，也不像要來禮佛。你有什麼事可以老實跟我說，也許我可以幫你忙。」

阿忠看老爺爺一臉慈祥，就把藏寶圖拿出來，並把尋寶的計劃說出來。老爺爺看著藏寶圖，面色凝重，他突然叫大家登上龍捲雲，要龍捲雲往石洞前進。

龍捲兒心裡很疑惑，爺爺做事一向從從容容，今天卻臉色驚惶。龍捲雲好像也感受到爺爺的心情，全速前進。

★ ★ ★

　　話說老油和番仔都想獨吞寶藏，到石洞的時候，他們都看到石佛了。這時老油突然拿出一把斧頭，番仔也很快的亮出一把短刀。番仔看情況不妙，說：「老油，有話好說，現在少了阿忠，我們可以平分寶藏。」

　　老油說：「平分，哈哈，我為什麼要和你平分，這尊石佛如果沒有我的斧頭來劈，能弄出寶藏嗎？我要多分一些。」

　　番仔回答：「光有斧頭，沒有力氣有什麼用，我力氣大，應該是我多分……」他話沒講完，老油的斧頭已經劈下來，番仔一閃，順勢從老油背後砍一刀，老油受傷了。老油很生氣　翻過身又是一斧，番仔的右手掛彩了。接著又是一番爭鬥。

　　老爺爺他們來到石洞外，就聽到呻吟聲，老油說：「我得不到的寶藏，也不讓你白白得到。」

　　番仔回答：「好，大不了同歸於盡，誰也別想得到寶藏。」說著老油手上的斧頭又要劈向番仔，老爺爺一個箭步進來，奪下斧頭。阿忠也把番仔手上的刀拿走。

　　老油和番仔看到阿忠都嚇了一跳，老油說：「是他把你推下山崖。」

　　番仔說：「是他叫我推你下去的。」

　　老爺爺說：「大家都坐下，聽我講寶藏的故事。」大家默默坐成一個小圓圈。

　　老爺爺嘆了一口氣說：「這裡哪有什麼寶藏，這幅圖是我畫的。三十年前我的一個老鄰居要去投靠他兒子，他很捨不得離開這個地方，我就畫這幅圖送他，希望雲谷永遠在他左右。」

　　「可是為什麼圖上說『在佛之心，有一至寶』？」老油急急問。

　　老爺爺回答：「我所說的至寶，是無形的寶物。我們從小在雲谷長大，石佛像我們的師長一樣，教我們很多做人做事的道理，那不是寶是什麼？」

老爺爺接著說：「你們本來是好朋友，卻為了寶藏而彼此傷害。其實每個人心中都有寶，是你們把它丟掉了，還到處尋寶！」

阿忠他們三個人聽了這話，好像被人當頭打了一棒，一時講不出話來。

老爺爺想知道畫怎麼會到他們手上。阿忠說：「我父親喜歡幫助人，有一次他幫一對夫婦度過難關，那對夫婦知道我父親喜歡字畫，就把這幅家傳的畫送他。」

「原來是這樣，我那位老鄰居身體不好，可能已經離開人世了。我們也算是有緣，你的父親幫助我老鄰居的孩子，我應該好好謝你。我請你們到寒舍住住，清靜幾天吧，這兩位受傷的朋友可以順便療傷。」

阿忠他們三人高興的答應。

爺爺他們回去了，龍捲兒和肚白留在石洞裡。龍捲兒看著石佛，不禁合掌跪下，因為他了解爺爺的意思了。他覺得自己也有寶，那個寶就是他的心，原來他的心可以聽啊：春天一到，他彷彿可以聽到花兒、鳥兒歌頌著春天的樂曲；雲谷常有雲霧繚繞，他走在雲霧當中，好像也聽得到雲霧的話語。他發現只要用「心」聽，就可以聽到許多美妙的聲音。

洞裡的光線非常柔和，龍捲兒抬頭看看石佛，他感覺石佛在對他笑，好慈祥好慈祥的笑。

烏龍蛋失蹤檔案

問題來找碴

一、龍捲兒他們為什麼不歡迎阿忠和他的朋友？

二、阿忠他們擁有的藏寶圖是誰畫的？

三、石佛心中的至寶是指什麼？

快樂來塗鴉

快樂來塗鴉

許願池裡的烏龜們

　　遊覽車上吱吱喳喳，小朋友們像麻雀一樣。窗外，幾朵剛睡醒的白雲，在蔚藍的天空中漫步；風姑娘從窗口伸進好多手，幫大家梳著奇形怪狀的髮型。這真是遠足的好日子！

　　突然王奕芸發出一聲尖叫，原來又是齊科果的惡作劇，他說風會把王奕芸的辮子吹走，所以用口香糖把辮子黏住。

　　齊科果是班上有名的搗蛋鬼，大家都叫他「爛果」，他隨時想一大堆點子整人。老師警告他，如果再惡作劇，就要讓他待在車上，不准下去玩。

　　遠足的目的地是一個遊樂園，大家一下車就像放出籠子的鳥，恨不得到處飛、到處玩。

　　爛果一個人晃來晃去，女同學當然不願意和他一起玩，男同學也怕他到處闖禍，和他在一起會跟著倒楣，所以都離他遠遠的。爛果覺得很無聊，看到有很多人圍在一個小池邊，就走過去湊熱鬧。原來那是一座許願池，池子裡有幾隻小烏龜，還有一大堆人們丟下去的銅板。

　　丟一個銅板可以許一次願，很多人口中唸唸有詞，許下心中的願望。爛果很好奇，也想試試看，一時之間不知道要許什麼願，剛好有隻烏龜抬頭看他，於是許個變成烏龜的願。他想：大家都不理我，我就變成烏龜，最好是隻彩色的烏龜！

　　爛果看看四周，沒有同學在，就悄悄丟下一個銅板，閉著眼睛默唸幾聲。他嘰哩呱啦念了一大串，愈念愈高興。

　　「嘿，哪裡來的冒失鬼，嘰哩呱啦念什麼？」

　　爛果趕緊張開眼睛，看看是誰在說話，一睜眼，他傻住了，眼前一隻烏龜瞪著他看，旁邊還有好幾隻烏龜，都張著眼睛看他。

　　「傻小子，你什麼時候來的？」

　　聲音來自背後，他回頭一看，又是一隻烏龜！

　　「我，我，我是天生國小的齊科果，我來遠足的，我……」

　　「你說什麼，我怎麼都聽不懂？齊科果是什麼東西？遠足又是什麼東西？」面前那隻烏龜又說話了。

　　「好吧，我說清楚一點，我是一個小學生，今天來遠足，我是人類，和你們不一樣，我──」爛果有點著急，他習慣開玩笑，想變成烏龜也不過是跟自己開個玩笑，沒想到這個玩笑開大了。

　　「你跟我們有什麼不一樣！還不是兩片硬梆梆的殼，四隻腳，一個頭。」旁邊那隻烏龜也發言了。

　　「他的確不一樣，他的殼是彩色的。」另一隻烏龜像發現新大陸一樣。

　　爛果一不小心，把頭縮進殼裡，暗無天日，嚇了一跳，趕緊再把頭伸出來。原來他真的變成烏龜了。再往四周一看，才發覺自己在池子裡。

　　他的願望莫名其妙的達成了，他很害怕，也很想哭。他想到平常自己多威風啊，同學都怕他三分，現在他竟然想哭！

　　「各位，來了新朋友，他可能還不適應新環境，大家對他好一點。」一隻聲音很大的烏龜向大家說，其他烏龜都點點頭。於是他們向他介紹新環境，帶他到處游動。爛果這才注意到，上面不斷有錢掉下來，一些人口中唸唸有詞。他聽到有人想要身體好，有人想要發財，有人想結婚，就是沒有人想變成烏龜。

　　爛果看到同學王嘉也來了，他急忙抬起頭看王嘉，王嘉卻自顧著許願，王嘉說：「希望我的電動打贏齊科果。」咚，一個銅板掉在爛果的殼上。

　　「你想跟烏龜挑戰嗎？傻王嘉，我把『電動大王』的寶座送給你吧！」可惜王嘉聽不到他的話。

爛果趕緊閉起眼睛，希望再變回人類。可是，願望不靈了。烏龜們告訴他，許願只能靈驗一次，他既然變成烏龜，就無法變回人類。

剛開始，爛果很不開心，但烏龜們對他很好，帶著他玩遊戲，他才覺得好些。

爛果是一隻彩色的烏龜，許願的人都喜歡把銅板丟在他身上，剛開始他還覺得好玩，叮叮咚咚，聽起來很清脆，久了就不好玩，吵死了，可是人們聽不到他的抗議。

當老師點名的時候，發現爛果沒到，以為他又躲起來，大家幫忙找，王奕芸和魏曉菁還到許願池邊，他聽到王奕芸偷偷告訴魏曉菁說：「其實我很高興齊科果不見了，因為他老要欺負人。」

「對啊，他實在是一顆爛果子，大家都不喜歡他。」魏曉菁皺著鼻子說。

爛果一直以為大家都怕他，沒想到別人是那麼討厭他，被人家討厭的感覺真不舒服。

「妳看，有一隻彩色烏龜哩！」王奕芸大叫。

「好可愛，可惜我們抓不到他，不然可以帶回家養。」魏曉菁很惋惜的說。

她們怎麼也想不到，那隻彩色烏龜是爛果變的！

她們許個希望爛果趕快出現的願，爛果滿心感激，可是什麼事都沒發生。有一隻烏龜說如果許願的人不是真心的，願望不會實現。

爛果把外面的世界說給龜友們聽，大部分的烏龜都沒見過什麼世面，好想出去外面探險。

「不行，你們動作太慢，外面的汽車太多，會把你們壓成『扁龜』。」

「開玩笑，我們的殼這麼硬，錢都打不破。」龜丁說。

「就是嘛，我們把汽車馱在背上去探險。」龜丙得意的說。

爛果搖搖頭。他費了許多唇舌比較大、小、輕、重的分別，他愈說，

龜友們就愈想出去探險。

爛果對烏龜們說：「你們為什麼不許個願來玩玩？」

「對啊，我們怎麼都沒想到要許願？」烏龜們紛紛說著。

「許願只有一次可以靈驗，如果許得不好，後悔就來不及了。」龜甲說。

爛果耐心的把外面的世界介紹清楚。

說了三天三夜還沒說完，龜友們有點不耐煩，他們急著要許願。

終於，爛果准他們許願了。

他們約好要變到爛果家那個小鎮，爛果說那是一個有山有水的好地方。

龜甲變成一位算命仙，他自稱「龜甲山人」。

龜乙變成廟裡的一尊神像，他覺得當神仙很威風。

龜丙如願以償變成一棵樹，他希望有很多鳥住在他身上。

龜丁變成一隻鳥，因為他喜歡飛。

龜戊很膽小，想了半天，什麼也沒變，還是一隻烏龜，留下來和爛果作伴。

龜丁快活得不讓翅膀休息，在天空中橫衝直撞，他最喜歡和雲玩捉迷藏，還想把月亮當船兒，在星海裡划著，順便釣幾顆星星玩呢！

龜丙好可憐，他長在大馬路邊，汽車的黑煙讓他呼吸困難，喇叭聲吵得他耳膜快破了！這個有山有水的小鎮，也有交通問題。沒有鳥肯在他身上築巢，最氣憤的是，每天大清早，就有一位貴夫人帶隻「名種狗」在他身上撒尿，還在他腳邊拉屎，路人不小心踩到狗屎，就踢他幾腳出氣，他真恨自己「投錯胎」！

龜乙威風凜凜的坐在廟裡的寶座上，很多善男信女買一大堆東西來祭拜，龜乙的口水已在嘴巴裡徘徊很久，可是身旁的小神像都不動，表情嚴肅得很，龜乙也不敢亂動。他想不透的是那些善男信女一拜完，就把供品拿走，眼看著紅黃澄綠的水果被帶走，只能吞口水過日子，好難過喲！他

感到非常生氣，人類在神面前許了一大堆願望，卻連一顆小葡萄也捨不得留下。那些東西明明是祭拜神仙的，為什麼最後還是祭到人類自己的肚子裡，他真後悔沒變成人。

變成人的龜甲卻也好不到哪裡去，因為大家不認識他，都不敢來讓他算命。偶爾有婦人帶著哭鬧不停的小孩來收驚，他只好抱著小孩又哄又騙，跟小孩子玩把戲，還花了不少糖果錢，才騙住那些哭鬧的小孩。

龜丁飛去拜訪變成大樹的龜丙，龜丙發了一籮筐的牢騷，好像他是全世界最可憐的樹。

龜丁去拜訪龜乙時，同樣聽到一籮筐的牢騷，龜乙對看得到吃不到的供品感到最有氣，他希望那些人的願望都不要實現。龜丁不愧是見多識廣，他告訴龜乙，當神仙要心胸寬大，不要和凡間的人類計較，他覺得龜丙在路旁，不但要忍受風吹雨打，還要忍受空氣污染、噪音和狗尿狗屎，才真是倒楣哩！

龜丁找到龜甲時，龜甲剛好畫著一張大花臉，對著身旁的幾個小孩子又說又跳。原來那些婦人發現龜甲很會逗孩子，就請他幫忙看管孩子，龜甲山人變成保母了。龜丁聽了差點把他的鳥嘴笑歪，他也把同伴們的苦難遭遇說給龜甲聽，龜甲覺得自己能跟孩子交朋友還算是幸運的。

龜丁也曾回許願池去探望爛果和龜戊，爛果問龜丁：「有沒有看到我爸媽？」龜丁說：「有啊，你爸媽到處找你，在報紙上登廣告，到廟裡求神問卜，他們都快急瘋啦！學校裡的老師和同學也想念你。」

龜丁飛走了，爛果滿眼的淚水，龜戊問他：「爛果，你為什麼要許願變成烏龜呢？」

爛果說：「我一向很頑皮，喜歡惡作劇，那天出來遠足，沒人願意跟我一起玩，我無聊才會跟自己開這個玩笑。不過如果沒變成烏龜還不知道自己多討人厭，沒想到他們還會想念我。」

爛果在池子裡住久了，愈來愈想念家人和同學，可是，他將永遠是一

隻許願池裡的烏龜。

　　爛果無緣無故失蹤，爛果的爸媽最後找上龜甲山人，龜甲一聽說他們要找「齊科果」，馬上像被「電」到一樣，從椅子上彈了起來，對爛果的爸媽說：「我知道這個人，他今年十二歲，功課頂呱呱，運動一級棒，人緣了不得，家裡除了爸媽，還有一個妹妹，才三歲大。」

　　爛果的爸爸用懷疑的口氣說：「龜甲山人，你說的話有的很準，有的不準。我們阿果很聰明卻不用功，功課不太好，運動方面也還勉強，惡作劇卻是第一名，所以人緣很差，你會不會算錯人啦？」爛果的爸媽常被請到學校，擺平爛果闖的禍。

　　什麼功課好，運動棒，人緣佳都是爛果親口說的，龜甲沒想到爛果有「吹牛」的本事，害他說出錯誤情報，他只好發揮算命仙能言善蓋的功力，改口說：「我是說你家阿果會有功課頂呱呱，運動一級棒，人緣了不得的一天。」

　　爛果的媽媽很高興兒子會有這麼優良的一天，但她一想到下落不明的阿果，傷心的說：「我們現在連他人在哪裡都不知道，他會不會是故意躲起來，不讓我們找到他。」

　　爛果太喜歡惡作劇，他們有時候都懷疑他的失蹤，只是一場大惡作劇。

　　龜甲不敢說爛果變成烏龜，他靈光一閃，說：「到他失蹤的地方去找。」

　　爛果的爸爸說：「那個遊樂園都快被我們翻遍了，就是找不到。」

　　龜甲一本正經的說：「依我推算，阿果應該還在遊樂園裡，這樣吧，我陪你們去找。」

　　於是龜甲帶著爛果的爸媽到遊樂園的許願池旁，指示他們丟銅板許願，他要阿果的爸媽跟著他唸：「齊科果呀齊科果，變回人來吧！」

　　爛果的爸爸很誠心的丟下一個五十塊的銅板，並且跟著龜甲唸。許願池裡的阿果，看到爸媽來，心裡既高興又難過，「咚」，五十塊銅板掉到

爛果身上，等他眼睛一睜，竟然站在爸媽面前，他爸媽高興的抱著他又哭又笑。

爛果的爸媽向龜甲謝了又謝，等他們情緒冷靜下來，問龜甲怎麼找到爛果的，龜甲對他們說：「天機不可洩漏。」說著向爛果眨眨眼，爛果也向他眨眨眼。

龜甲山人找回爛果，名聲可大大響亮啦，找他解決人生大問題的人很多。

龜乙也心甘情願坐在寶座上，讓那些善男信女說出內心的話，他雖然不能讓他們的願望實現，但他在心裡默默祝福他們。

龜丙也不後悔當一棵樹，他知道大馬路邊更需要他來製造新鮮空氣。

龜丁把家築在龜丙身上，還常常帶著一大群朋友在那裡舉行歌唱擂臺。他在那位貴婦人頭上撒了幾次「大大」，貴婦人就不敢再帶狗來大小便了。

膽小的龜戊終於勇敢的許願，變成爛果家的小狗，每天陪著爛果和妹妹玩。

爛果很高興在許願池裡交到幾個好朋友，這些好朋友現在都生活在他身邊。

同學們也很高興爛果「脫胎換骨」，變成「好果」了，他編了一個烏龜國冒險的故事給他們聽，說街上那棵樹是烏龜精變成的；說廟裡的神像會趁人不注意的時候偷偷眨眼，因為那尊神像是一隻愛吃的烏龜變成的；說有一隻彩色烏龜很會吹牛……。說得同學們捧腹大笑。

許願池裡的烏龜們，也都很珍惜自己許的願，快樂的在小鎮上生活著。

問題來找碴

一、爛果許了什麼願？實現了嗎？

_____

_____

_____

_____

_____

二、龜甲、龜乙、龜丙、龜丁、龜戊各許了什麼願？

_____

_____

_____

_____

_____

三、想一想，你在同學們的心目中，是怎樣的人？

_____

_____

_____

_____

快樂來塗鴉

快樂來塗鴉

寶石田

　　張延把眼睛打開以後，發現自己真的躺在一片寶石田當中，陽光照在寶石田上，閃閃發亮，張延的眼睛都快睜不開了。

　　「我真的成為富翁了嗎？」張延這樣問自己。

　　這件事太意外了，連張延自己也還不敢相信。就在今天早上，他還是一個普通的農人，向妻子告別，來田裡工作。他想把田地旁的一小塊荒地開墾出來，挖呀挖，挖開一叢樹根，發現裡面有一窩小地鼠，他準備把地鼠丟到水池裡，地鼠媽媽出現了，她哀求張延饒了她的孩子，她可以幫張延實現一個願望。

　　張延才不相信一隻地鼠能有什麼力量，就順口說：「你把我的田地變成寶石田，我就放了他們。」

　　那地鼠要張延躺下來，並且閉上眼睛，從一數到十。張延照著做，沒想到願望實現了。那一窩地鼠已經沒有蹤影，田裡只剩張延一個人。這塊土地原本非常貧瘠，張延和他妻子辛辛苦苦開墾，加上他們那三個兒子從學堂回來，到田裡來幫忙，幾年下來，總算能一家溫飽，快樂的生活著。

　　現在滿地的珠寶，張延隨便撿幾顆，跑回家告訴妻子。他的妻子正準備幫他送飯，他比手畫腳，把事情經過說出來，他的妻子不相信，他拉著妻子的手，一口氣跑到田裡，眼前果然是一片寶石田，他們在田裡高興的狂奔、大笑。

　　張延馬上請人拆掉簡陋的瓦房，蓋起金碧輝煌的大屋。一家人吃的穿的用的，也變得豪華，家裡請許多傭人供差使。來拜訪他們的人突然多起來，大家左一句「張大爺」，右一句「張員外」，把他叫得心酥麻酥麻。

孩子在學堂裡也坐不住了，總想著拿珠寶到街上耍玩，許多街頭的混混，都忙著招呼這三個少爺，陪著到處找樂子。

　　有許多年輕美麗的女人，上門來巴結張延，她們都想嫁給張延當小老婆，希望一輩子穿金戴玉。張延看看妻子，雖然穿著綾羅綢緞，但長年在田裡工作，皮膚黝黑、粗糙，怎麼看怎麼不順眼。他提出娶小老婆的要求，他妻子怕他到外面花天酒地，只好答應他娶小老婆。可是娶了一個，還想要有第二個，後來也不經過妻子同意，自己看順眼就帶回來。不久就有了五個姨太太，這些小老婆為了討張延的歡心，彼此爭奇鬥豔、勾心鬥角，家裡常吵成一團。

　　田裡都是寶石，難免有人來偷，張延派很多家丁看守。有一天，來了一群盜匪，他們早聽說張延的寶石田，盜匪頭子親自率些彪悍的部下，準備大搶一番。那些家丁哪裡是盜匪的對手，被打得落花流水，盜匪一袋一袋，掠走不少珠寶。

　　經過這一次教訓，張延趕緊在田地四周築上高牆，並請身懷功夫的人鎮守。

　　盜匪頭子念念不忘那金光閃閃的寶石，但張延防守很嚴，很難搶攻，狗頭軍師就另外獻計。

　　某天，張家家丁慌忙報告說老二被盜匪綁票了，他們要求兩大車珠寶。為了救回老二，花了兩大車珠寶。從此張延下令，家裡人沒有重要的事不准往外跑。

　　不准往外跑，那三個兒子悶得慌，就把一些狗肉朋友都找到家裡來喝酒取樂。那些大老婆、小老婆，成天裡大眼瞪小眼，瞪出壞心眼，吵鬧不休。張延實在被吵得心神不寧，信步走到田裡。他沿著高牆邊走，覺得自己像監獄裡的犯人，一點自由也沒有。以前隨便蹲在田壟上，就可以和幾個莊稼漢天南地北的聊，現在有骨氣的朋友不肯上門來，那些進出家門的人，儘是來要好處的，嘴裡說的都是些諂媚的話，聽久了心煩。

　　田地裡原來滿是珠寶，現在有些珠寶被撿走了，地上長出雜草，也沒有人整。張延蹲下來拔草，竟然拔不起來。自從有了珠寶，整天只是吃喝玩樂，身體在不知不覺中變差了。他用力拔，雜草終於被拔起來了，他流著汗，愈拔愈起勁，渾身感到許久以來未有的舒暢。他想起以前一家人工作結束，扛著鋤頭，挑著畚箕，迎著晚風回家，一路上有說有笑，多快樂呀！現在他的妻子只知道賭牌、吵架，兒子更是不成器，這一切都是珠寶害的。

　　張延回家後，向大家宣布，他要把所有的珠寶都用來賑濟貧窮的人，傭人可以各自領些錢，另謀生路。至於所有老婆，如果要留下來一起種田，就可以留下來。五個小老婆一聽，當場嚇得驚慌失色，她們哪裡是吃得了苦的人，一個個表示要離開。只有大老婆願意留下來，這種吵嚷的日子她也過煩了。

　　就這樣，高牆推倒了，所有珠寶都拿去賑濟貧民，土地上又種起莊稼。張延的三個兒子又乖乖回到學堂，放學後隨父親工作。沒有了珠寶，盜匪也不來干擾，倒是以前那一批意氣相投的莊稼漢，又常聚在一起談天說地了。

問題來找碴

一、寶石田裡的寶石是怎麼來的？

_____

_____

_____

_____

二、有了寶石以後，張延家裡的人是不是過著比以前幸福的日
　　子？

_____

_____

_____

_____

三、張延為什麼不想再擁有寶石田？

_____

_____

_____

_____

快樂來塗鴉

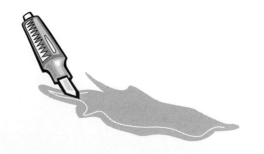

快樂來塗鴉

我想要的幸福

　　阿皮回到自己的位子，發現餐盤裡多兩顆草莓，他看看柯君萍，她對他聳個肩，表示：幫我吃。他也對她聳個肩，表示：我接受。別以為他們是感情麻吉到不行的好朋友！對阿皮來說，柯君萍是一個挑剔的千金小姐，是他很討厭的類型。可是一個月前柯君萍轉學進來時，老師特別交代阿皮要多多照顧她，因為他們住得很近。

　　最令同學生氣的是，柯君萍不必和大家輪流做清潔工作，她只要在打掃時間到老師辦公室整理桌子就好了。阿皮和其他同學一樣，討厭柯君萍有「特權」，所以對她總是冷冷淡淡，基本上他和其他同學是站在同一國的。他很怕別人把他和柯君萍配成一對，所以儘量和她保持距離，她可能知道阿皮不喜歡她，也不多麻煩他。

　　帶柯君萍走了一個月，阿皮跟老師說：「老師，柯君萍已經知道回家的路，我不用再跟她一起走了吧！」

　　老師說：「阿皮，反正你也要回家，兩個人一起走比較有伴嘛！君萍她爸媽都很感謝你呢。」

　　「那些感謝我寧可不要！」阿皮在心裡嘀咕，他們常叫柯君萍拿零食給他，她總是一來就放在他抽屜裡，害他常被同學笑。

　　老師看阿皮不說話，又說：「阿皮，君萍的功課很好，你不會的可以問她。」

　　阿皮擠出一個笑容點點頭，趕快跑掉。「功課好有什麼用，像個千金小姐，這也怕那也怕，我真是衰到爆！」

　　這一天，阿皮和柯君萍走在回家的路上，兩個人很有默契的差兩步

遠，一路上也不講話。阿皮希望她家的巷子快點到，等她彎進去，他就可以大踏步走了。就在她要轉進巷子的時候，突然一隻小貓跑到她的腳下喵喵叫。柯君萍呆住了，停下來回頭看著阿皮，阿皮不屑的看看她，跨步上前把小貓咪抱起來，他發現這隻貓咪很乾淨，可能是剛走失的，他對柯君萍說：「這隻貓咪很可愛也很乾淨，妳要不要抱抱看，我們班女生都很喜歡貓。」

說著，他把小貓捧到柯君萍面前，沒想到她身體往後退兩步，雙手還做出拒絕的樣子。

「妳真沒用，連一隻貓也怕成這個樣子！」阿皮把這些日子來對她的不滿通通表現出來。

「我，我不是怕。我──」

「妳怕髒是不是，真是沒有愛心的千金小姐，可愛的貓咪，人家不愛你。」阿皮罵完柯君萍，把貓咪抱到臉頰旁邊磨蹭著，貓咪好像很陶醉，發出呼嚕呼嚕的聲音。

不知道是貓咪太可愛，還是阿皮的激將法奏效，柯君萍勇敢的伸出雙手說：「我抱抱。」

阿皮把貓咪放到她懷裡，說：「嗯，這還差不多。可是小姐，妳能不能不要這麼僵硬，妳是沒抱過貓是不是！」

「我，我沒有抱過，哈─啾」她打個噴嚏後把小貓咪摔到地上，還好貓咪的彈性好，沒有受傷，阿皮趕緊把貓咪抱起來。

阿皮嫌惡的嗆她說：「妳真糟糕，好啦，妳家到了，再見。」

「等等，阿皮，這隻貓怎麼辦？」

「我先把牠帶回家，跟我家裡的貓作伴，再看看是不是有人貼尋貓啟事。」

柯君萍聽完，「哦」的一聲就轉進巷子裡了。

隔天，阿皮想要跟柯君萍講貓咪的事，她卻沒來。上課時老師說她生

病請假。奇怪，昨天明明還好好的，阿皮覺得很疑惑，可能感冒了，她昨天打個噴嚏。「阿皮，下課後跟我到辦公室來。」阿皮正在發呆，突然聽到老師叫他，嚇了一跳，希望老師不是要他去看柯君萍。

經過老師說明，阿皮才知道柯君萍有過敏體質，很多食物不能吃，很多地方不能去，而且有些東西不能碰觸到，像貓狗這些毛多的動物，更是碰都不能碰。昨天她才抱一下下貓而已，就很嚴重了（聽老師的口氣好像很嚴重），阿皮開始同情她了，原來她不是挑食，不是耍特權，是她的身體不准她這麼做。

放學後，阿皮心裡越想越不安，走到柯君萍家的巷子，不知不覺彎了進去，她說過她家在最後一棟三樓。他在樓下徘徊了一會兒，鼓起很大勇氣才按鈴，柯君萍的媽媽問清楚他是誰，就開門了。好想打退堂鼓，兩隻腳卻自動爬上樓梯。柯媽媽好像沒有怪他，還熱情的招呼他，謝謝他來看君萍。柯君萍坐在椅子上，臉有一點腫，眼睛紅紅的。

柯媽媽進廚房去，阿皮小聲說：「對不起！」

「沒關係，我今天好多了，昨晚臉腫得像豬頭，爸媽趕快帶我去急診。不過，阿皮，我覺得還挺值得，因為我抱到貓咪，好可愛的貓咪，我應該謝謝你才對。阿皮，你坐啊！」

「謝謝，柯君萍，你家好乾淨喔！」阿皮想到家裡到處都是貓毛。

她笑笑說：「沒辦法，如果家裡不乾淨，我就會過敏。」

「阿皮同學，來喝個果汁，我剛打的，很新鮮。君萍說你在學校很照顧她，幫了她很多忙。」柯媽媽的話讓阿皮覺得很心虛，他並不是真心要幫她，有時還很討厭她。

阿皮抓抓頭，不知道怎麼回答，眼睛望向沙發椅上的一隻泰迪熊，那隻熊被包在塑膠袋裡。

「君萍很喜歡小動物，可是我們家不能養，我們就買這些動物玩偶給她，不過她對這些東西也會過敏，所以要放在塑膠袋裡才能抱。」

阿皮簡直不敢相信，更不知道該說什麼。

柯君萍說：「阿皮，我有寫一首詩，叫做〈我想要的幸福〉，你要不要聽？」

「好，好。」

柯君萍念著：

　　能夠大口大口吃著巧克力，是幸福的；

　　能夠品嘗新鮮的草莓，是幸福的；

　　能夠緊緊抱著貓咪或狗狗，是幸福的；

　　能夠在草地上打打滾，是幸福的；

　　能夠和同學在灰塵飛揚的教室打掃，是幸福的；

　　可惜這些幸福和我絕緣，

　　希望有一天，

　　告別過敏的惡夢，和別人一樣，

　　享受這些幸福。

阿皮拍拍手，說：「詩寫得好令人感動，我祝福妳。」

柯媽媽紅著眼眶說：「君萍很懂事，不會多抱怨，只是用詩來寫她的心情。」

阿皮從柯君萍的家出來，天色有點暗，他看到天邊一顆星星，竟然向那顆星星許願說：「偉大的星星，請你賜給柯君萍幸福，那些事對我們來說太容易了，對她卻是那麼困難，其實她想要的幸福並不多，請幫幫她。」

星星眨眨眼，似乎聽懂了。想到自己可以大口大口吃巧克力、草莓，還可以和貓咪擠在被窩裡，阿皮覺得自己太幸福了！

問題來找碴

一、有沒有什麼東西會讓你過敏？

二、柯君萍喜歡貓嗎？

問題來找碴

三、你幸福嗎？請舉些你認為幸福的事。

_____

_____

_____

_____

_____

_____

_____

_____

_____

_____

_____

_____

_____

_____

_____

_____

快樂來塗鴉

快樂來塗鴉

「復仇者」鬧鐘俠

　　凌晨的街道上，除了少數車輛疾駛過的聲音，就幾乎是安安靜靜的了，不過，你如果拉長耳朵聽，你會聽到很小聲很小聲的「喀、喀、喀、喀」，有節奏的敲在地面上。這位小小人物是誰呢？他就是鬧鐘俠！

　　沒錯，鬧鐘俠其實是一個鬧鐘，是一個身懷絕技的鬧鐘。他原本只是一般鬧鐘，是小叮噹的造型，被一個小朋友買回家，開始執行鬧鐘應該有的工作。早上六點半，是他執行「吵醒人」任務的時刻。如果小主人賴床，他每隔三分鐘就會再吵一次。他的小主人叫做邱正超，爸媽都叫他小超。剛開始小超大概會在鬧鐘三次吵鬧後起床，可是隨著天氣越來越冷，他起床的時間也越來越晚，為了不讓鬧鐘不斷的吵，他乾脆在第一次吵鬧後，就伸出他的一指神功，關掉鬧鐘的功能，這樣他就可以安安穩穩睡下去。

　　想到這裡，彷彿小超的打呼聲就在耳朵旁，鬧鐘俠越想越有氣，他爬到一幢高樓的屋簷，坐在那裡，抬頭一看，圓圓的月亮照著大地，他拿眼睛向四方搜尋。

　　「哎－這依然是一個陌生的城市。」鬧鐘俠喃喃自語。他心中有一把火，一把復仇的火熊熊燃燒著，促使他一個城市又一個城市找下去。回憶帶著他回到那一段日子……

　　邱爸爸總是在七點起床，梳洗吃早餐看新聞等等，八點鐘他就可以帥帥的出門上班。邱媽媽總是在六點半起床，以前她是小超的鬧鐘，從輕輕呼叫，到動手在小超身上捏捏、揉揉、拍拍，最後一巴掌打到大腿上，才把小超叫醒，還得服侍他穿衣、梳洗、吃飯，一早就讓她精疲力盡。好容易小超升上二年級，同意使用鬧鐘，也能自己穿衣、梳洗了，她才輕鬆一些。

　　美好的日子只維持一個秋天，後來的情況常常是小超在最後一秒鐘醒來，刷牙洗臉用兩分鐘（制服是前一晚偷偷穿好），喝兩口牛奶，手上抓著麵包，在門口大喊「爸，我快遲到了，趕快載我去！」那時候邱爸爸可能正在刮鬍子，只好隨便刮一刮，先載小超去上學，等他回來準備好再上班，不是沒辦法好好吃早餐，就是上班要遲到了。

　　有一天晚上，邱爸爸臨睡前一再跟小超說：「明天一大早，爸爸有個重要的會要開，你一定要聽鬧鐘的叫聲起床，別再指望我載你。」

　　隔天一早，小超仍舊用一指神功按掉鬧鐘，等他準備好，已經太慢了，他要爸爸載，爸爸卻因為要比平常早二十分鐘出門，匆忙中刮鬍子刮傷自己的臉頰，心情已經不大高興，被小超一叫，更是氣炸了，衝著媽媽說：「妳看看妳兒子，老毛病嘛，天天要人家載，鬧鐘是買來當裝飾品啊！」

　　媽媽看到爸爸臉上有傷，不好對他發作，就罵小超：「你到底要不要長大呀，還要我浪費時間去叫你，那誰來弄早餐？」

　　小超被罵，丟下書包跑回房裡，看到鬧鐘就有氣，破口大罵：「你這個爛鬧鐘！睡得跟死豬一樣，不知道要叫醒我！」他一把抓起鬧鐘，狠狠的往地上丟，「匡啷」一聲，鬧鐘四分五裂。

　　想到這裡，鬧鐘俠自言自語說：「每天都上演那齣戲，而最倒楣的角色都由我演，最後還把我摔得粉身碎骨！此仇不報，就枉費我這一身好功夫了。」

　　想起自己一身好功夫，就想起阿比，那個讓他「死而復生」的機器怪咖。原來鬧鐘被小超摔壞以後，媽媽看看是沒法修理了，只好包起來當資源回收品送走。當時的鬧鐘不但身體痛，心更痛，盡忠職守卻換來這種下場！

　　幸運的是鬧鐘碰到阿比，阿比的爸爸愛喝酒打人，媽媽受不了跑掉了，他讀完國中就離開家，自己半工半讀。他在一家機器工廠上班，老闆讓他住在工廠旁的一間小屋，屋子裡堆積了他去撿來的一些亂七八糟的東

西，它們都是一些被人認為「報廢」的東西，這些東西在阿比眼中可都是寶，他會將它們修補、改造，再賣給同學或舊貨店。

當阿比看到鬧鐘時，眉頭不禁皺成一團，不過他富有向困難挑戰的精神，就開始了鬧鐘的重生工作。阿比不但機械方面很厲害，電腦也無師自通，自己還學著寫程式。他想這個鬧鐘幾乎已經壞到不像鬧鐘了，我不如大膽的在他身上做實驗，看能把他改造成什麼科學怪物！

於是阿比把很多時間和精力花在鬧鐘身上，改頭換面是第一步，他先畫好一個理想的藍圖，再從別的回收品身上挑挑撿撿，總算打造出滿意的樣子。改造後的鬧鐘已經不是小叮噹的樣子，比較像小飛俠，所以鬧鐘就自稱鬧鐘俠。阿比在鬧鐘俠身上裝一片智慧晶片，讓他比一般鬧鐘聰明很多，最重要的是他身手靈活，還能用腦筋思考。

有一天，他趁阿比上學的時候，偷偷把阿比的鬧鐘改時間，隔天凌晨三點，阿比被刺耳的鬧鈴吵醒。他以為是老闆的兒子小泓做的，因為小泓喜歡阿比這間「工作室」，常來這裡學他敲敲打打。第二天，阿比的鬧鐘在凌晨兩點響起來，放學後小泓會回到工廠來，阿比警告他別再動他的鬧鐘，小泓說他沒動過鬧鐘。阿比以為他怕被老闆罵才說謊，他以為警告過後，小泓不敢再亂調鬧鐘。第三天，鬧鐘在凌晨一點鐘響起，才睡著不久就被吵醒，阿比非常生氣。隔天一早，阿比去跟老闆告狀，老闆叫老闆娘要把小孩管好，老闆娘把小泓罵一頓，小泓委屈的哭了。看小泓那張委屈的臉，阿比想也許是他的鬧鐘「凸槌」，因為那個鬧鐘也是撿來修過的。

不久，阿比的媽媽找到一個好工作，想把阿比接去一起住，還希望他好好讀書，不要再工作了。阿比帶著兩大包行李，跟著媽媽搭好久好久的車才回到家。鬧鐘俠在包包裡都快悶死了，而且他的復仇計畫才要開始，離開了原來的地方，他很怕找不到小超的家。

還好，阿比牆壁上有地圖，鬧鐘俠經過研究後，稍微看得懂地圖。他知道要回小超的家，必須不斷往北走去。

在一個月亮像一條船的夜晚，鬧鐘俠悄悄離開阿比的家，他祝福阿比永遠幸福。

「我心中雖然充滿復仇的計畫，但是對我有恩惠的人，我會感激他、祝福他。」阿比輕靈的爬下阿比家的牆壁，一邊想著。

曾經鬧鐘俠以為找到小超的家，因為一大早，有很多家庭上演相同的戲碼。有時候，鬧鐘俠會走進某些房間，聽其他鬧鐘朋友的抱怨，他總是幫他們偷偷調時間，讓那一家的人生活大亂。

鬧鐘俠最喜歡的時間是凌晨三點鐘，他也喜歡躲在一邊看人的反應。大多數人的反應都差不多──驚醒→暴怒→咒罵！只有一個老兄把鬧鐘俠打敗了，凌晨三點鬧鈴響起，床上的人繼續睡著，已經八響了他還在睡（一般人最多三響）。只見他家的人，還有樓上樓下左右鄰居的燈都亮了，咒罵聲此起彼落，那個人才在家人的捏打下醒來。

太好笑了，鬧鐘俠在不同的地方惡作劇，凌晨三點總有某個鬧鐘響起。就這樣，鬧鐘俠每天凌晨三點欣賞一幕好戲，一個地方流浪過一個地方，他復仇的心並沒有減少。

復仇的路途還有多遙遠呢？又到了黃昏，人們匆匆忙忙趕回家，鬧鐘俠沒有家，躲在花圃裡的他，心裏好難過。也許待在阿比家好一點！他想。突然有個東西掉到他腳邊，一個小朋友彎下腰來撿，撿的時候又把另一件東西掉下來，原來他手上提提掛掛，太多東西了。「是誰這麼笨手笨腳啊？」鬧鐘俠給他看個仔細，咦，這不是他找得千辛萬苦的小超嗎？只是他好像長高一點了。好啊，我要讓你一個月不得好睡！鬧鐘俠暗中決定。

鬧鐘俠趁小超不注意時，攀爬到他的一個提袋裡。沒多久，他被放下來了，「到家了，我去他的臥室躲起來。」鬧鐘俠靈活的閃閃躲躲前進，可是這裡不像一個家。

「小超，你放學了，趕快來幫我的腰捶一捶，我快酸死了。」說話的

正是邱爸爸，他的右手和右腳都打上石膏，左手吊著點滴，鬍渣有點長，樣子很滑稽。

「好，爸，這是你的內衣褲。還有，媽媽今天要加班，我等一下去買便當來吃。」小超說著，好像很疲累。他開始幫邱爸爸捶腰，邱爸爸的身體很勉強的側著。這是怎麼回事啊？鬧鐘俠很好奇，邱爸爸為什麼受傷？

「小超，小超，你睡著了？」邱爸爸輕聲叫著，鬧鐘俠發現小超趴在邱爸爸身上睡著了。

「真是改不了不負責任的壞毛病！」鬧鐘俠心裡嘀咕。還好護士進來，不然可苦了邱爸爸。不過聽護士講，小超昨夜留在醫院照顧爸爸，沒法好好睡。

後來邱媽媽也來了，鬧鐘俠終於搞清楚來龍去脈，還是因為小超沒聽鬧鐘的叫聲起床，邱爸爸送了他之後去上班，怕遲到闖紅燈才發生車禍。

「活該，老天已經先幫我報仇了，可是這還不夠，我要親自報一次仇才甘心。」他趁大家不注意時，溜進小超的書包，媽媽先載小超回家才要回去醫院照顧爸爸。媽媽走前一直交代小超，隔天一定不能把鬧鐘按掉，沒有人可以送他上學。

小超睡覺前把鬧鐘調好，故意放在遠遠的書桌上，免得一指神功又把鬧鐘按啞了。等小超一睡，鬧鐘俠就去把鬧鐘給按掉，他要害小超遲到。等待的時間很無聊，鬧鐘俠到處看看，這裡曾經是他的家哩！在這個家他曾經很幸福，都是小超終結了他的幸福。鬧鐘俠到處看，這個家變得有點髒亂，聽他們說邱爸爸要住院幾個月，邱媽媽又要工作，又要到醫院照顧邱爸爸。沒有時間好好理家。

夜很安靜，小超突然哭醒來，還叫著爸爸媽媽，可惜沒人理他。不久小超又睡著了，鬧鐘俠等著看好戲。

結果不到六點，小超自己就醒來，穿衣服、刷牙、洗臉，還倒了牛奶、烤了麵包來吃，吃完馬上把杯子、盤子洗乾淨。令鬧鐘俠不可思議的

是，他還幫前後陽台的盆栽澆水！鬧鐘俠想不通到底是什麼讓一個小孩改變這麼大？

小超好像沒注意到桌上的鬧鐘沒有響，他背起書包，關了門上學去了。鬧鐘俠待在這個太安靜的家，像洩了氣的皮球，原本支撐他的那股復仇的力量，突然不見了。大概有一年的時間，他腦子裡想的就是「復仇」兩個字，他一路尋找，一路找對象惡作劇，等著要把最大的整人力量放在小超身上，沒想到小超不必依靠鬧鐘就起床。

小超也脫胎換骨了，再也不是那個賴床還要摔鬧鐘的小孩，鬧鐘俠懷疑自己存在的意義是什麼？

阿比花了很多時間和力氣幫他改造，難道是希望他當個「復仇者」嗎？鬧鐘俠突然很想念阿比，那個很能吃苦又從不抱怨的阿比，阿比現在過著快樂幸福的日子，他卻到處製造麻煩，讓人們睡不安穩！

鬧鐘俠決定回去找阿比，一路上他要把小超的故事告訴鬧鐘朋友們，因為有太多朋友被一指神功按成啞巴，又被當成遲到的罪魁禍首，鬧鐘俠會告訴他們：「這些小朋友終有一天會長大！」

問題來找碴

一、你每天由誰叫醒？爸媽、鬧鐘，或自己醒來？

二、鬧鐘俠的造型有怎樣的改變？

問題來找碴

三、鬧鐘俠為什麼以「復仇者」自居？

快樂來塗鴉

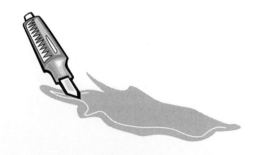

快樂來塗鴉

作者簡介

康逸藍，筆名康康、藍棠等，出生於淡水小鎮。

師大國文系畢業，在淡水國中任教數年。接著進淡大中研所就讀，畢業後歷任東華書局、國語日報出版部編輯，作文班老師；舊金山培德高中、曼谷朱拉大學中文教師，現專事寫作，並擔任天生國小駐校作家，教導童詩。

曾獲海峽兩岸童話優選獎、中華民國教材研學會徵文散文類優選、香港詩網絡詩獎公開組優異獎，行動讀詩會2006年度詩獎。

是個喜歡土味的人，從小愛玩、愛鬧，更愛幻想。現在從事「自由業」，意思是「自由自在寫故事給人看的職業」。除了寫新詩、散文、小說、廣播短劇等，特別喜歡寫故事跟小朋友分享，已經出版的作品有：

童話：

《閃電貓斑斑》

《長頸鹿整型記》

《一〇五個王子》

《99棵人樹》

《豆豆的前世今生》

《行俠仗義小巫公》

《非吃不可的童話》

《叫大蟒蛇起床》

《抽脂蚊減肥檔案》

《小兔阿歪，異想天開》

傳記：《米開朗基羅》

童詩集：《童詩小路》、《臭豆腐，愛跳舞》

新詩集：《周末‧憂鬱》、《今天這款心情》

散文集：《把浪漫種起來》

小說集：《爾虞我詐》

論文：《明末清初劇作家的歷史關懷》

個人網站：《康康文字花園》（http://kanggarden.myweb.hinet.net），歡迎來逛逛。

部落格：http://blog.roodo.com/evahome

國家圖書館出版品預行編目

烏龍蛋失蹤檔案 / 康逸藍著. -- 一版. -- 臺北市：
秀威資訊科技, 2008.01
　　面；　公分. --（語言文學類；PG0162）

ISBN 978-986-6732-51-5（平裝）

859.6　　　　　　　　　　　　　　　96024519

 語言文學類　PG0162

烏 龍 蛋 失 蹤 檔 案

作　　者 / 康逸藍
發 行 人 / 宋政坤
執行編輯 / 詹靚秋
圖文排版 / 陳湘陵
封面設計 / 莊芯媚
封面繪圖 / 謝迺岱　謝家柔
插　　圖 / 康逸藍 ＿＿＿＿＿＿（畫插圖的大小朋友請簽名）
數位轉譯 / 徐真玉　沈裕閔
圖書銷售 / 林怡君
法律顧問 / 毛國樑　律師
出版印製 / 秀威資訊科技股份有限公司
　　　　　台北市內湖區瑞光路583巷25號1樓
　　　　　電話：02-2657-9211　　傳真：02-2657-9106
　　　　　E-mail：service@showwe.com.tw
經 銷 商 / 紅螞蟻圖書有限公司
　　　　　台北市內湖區舊宗路二段121巷28、32號4樓
　　　　　電話：02-2795-3656　　傳真：02-2795-4100
　　　　　http://www.e-redant.com

2008 年 1 月　BOD 一版
定價：190元

讀 者 回 函 卡

感謝您購買本書，為提升服務品質，煩請填寫以下問卷，收到您的寶貴意見後，我們會仔細收藏記錄並回贈紀念品，謝謝！

1.您購買的書名：＿＿＿＿＿＿＿＿＿＿＿＿＿＿＿＿＿＿

2.您從何得知本書的消息？

　　□網路書店　　□部落格　　□資料庫搜尋　　□書訊　□電子報　　□書店

　　□平面媒體　　□ 朋友推薦　　□網站推薦 □其他＿＿＿＿＿＿

3.您對本書的評價：(請填代號　1.非常滿意 2.滿意 3.尚可 4.再改進)

　　封面設計＿＿＿　版面編排＿＿＿　內容＿＿＿　文/譯筆＿＿＿　價格＿＿＿

4.讀完書後您覺得：

　　□很有收獲　　□有收獲　　□收獲不多　　□沒收獲

5.您會推薦本書給朋友嗎？

　　□會　□不會，為什麼？＿＿＿＿＿＿＿＿＿＿＿＿＿＿＿＿＿＿

6.其他寶貴的意見：＿＿＿＿＿＿＿＿＿＿＿＿＿＿＿＿＿＿

＿＿＿＿＿＿＿＿＿＿＿＿＿＿＿＿＿＿＿＿＿＿＿＿＿＿＿＿

＿＿＿＿＿＿＿＿＿＿＿＿＿＿＿＿＿＿＿＿＿＿＿＿＿＿＿＿

＿＿＿＿＿＿＿＿＿＿＿＿＿＿＿＿＿＿＿＿＿＿＿＿＿＿＿＿

讀者基本資料

姓名：＿＿＿＿＿＿＿＿＿＿　年齡：＿＿＿＿　性別：□女　□男

聯絡電話：＿＿＿＿＿＿＿＿　E-mail：＿＿＿＿＿＿＿＿＿＿

地址：＿＿＿＿＿＿＿＿＿＿＿＿＿＿＿＿＿＿＿＿＿＿＿＿

學歷：□高中(含)以下　　□高中　　□專科學校　　□大學

　　　□研究所(含)以上 □其他＿＿＿＿＿＿＿＿

職業：□製造業　□金融業　□資訊業　□軍警　□傳播業　□自由業

　　　□服務業　□公務員　□教職　　□學生 □其他＿＿＿＿＿＿

To：114

台北市內湖區瑞光路 583 巷 25 號 1 樓

秀威資訊科技股份有限公司　　　收

寄件人姓名：

寄件人地址：□□□

- -

（請沿線對摺寄回,謝謝!）

秀威與 BOD

BOD（Books On Demand）是數位出版的大趨勢，秀威資訊率先運用 POD 數位印刷設備來生產書籍，並提供作者全程數位出版服務，致使書籍產銷零庫存，知識傳承不絕版，目前已開闢以下書系：

一、BOD 學術著作—專業論述的閱讀延伸
二、BOD 個人著作—分享生命的心路歷程
三、BOD 旅遊著作—個人深度旅遊文學創作
四、BOD 大陸學者—大陸專業學者學術出版
五、POD 獨家經銷—數位產製的代發行書籍

BOD 秀威網路書店：www.showwe.com.tw
政府出版品網路書店：www.govbooks.com.tw

永不絕版的故事・自己寫・永不休止的音符・自己唱